शक्तिपीठ

शक्तिपीठ

लेखक

चंद्रेश विमला त्रिपाठी

GPH BOOK ™

गुल्लीबाबा पब्लिशिंग हाउस प्रा. लि.

आई.एस.ओ. 9001 एवं आई.एस.ओ. 14001 प्रमाणित कं.

दिल्ली–त्रिनगर एवं दिल्ली–दरियागंज से प्रकाशित

प्रकाशक

गुल्लीबाबा पब्लिशिंग हाउस (प्रा.) लिमिटेड,

पंजीकृत कार्यालय: 2525/193, प्रथम तल, ओंकार नगर-ए, त्रिनगर,
दिल्ली-110035, (कन्हैया नगर मेट्रो से ओल्ड बस स्टैंड की तरफ)
दूरभाष: 09350849407, 09312235086
शाखा कार्यालय: 1A/2A, 20, हरि सदन, अंसारी रोड, दरियागंज,
नई दिल्ली-110002, दूरभाष: 23289034
के साथ विश्वसनीय व्यवस्था के अंतर्गत प्रकाशित

पहला संस्करण : 2014

दूसरा संस्करण : 2016

मूल्य : ₹160/-

ISBN : 978-93-82688-91-4

टाइपसेट और आवरण सज्जा: गुल्लीबाबा पब्लिशिंग हाउस प्राइवेट लिमिटेड, नई दिल्ली

सहृदय समर्पित

"देवी शक्ति के 52 शक्तिपीठों वाली पुस्तक मेरी माँ श्रीमती विमला त्रिपाठी को सहृदय समर्पित है जो मेरे लिए हर नारी के समान देवी शक्ति का ही एक प्रतिरूप हैं।"

प्रस्तावना

आस्था सभी धर्मों का मूल है। परम शक्तिमान ईश्वर के प्रति गहरी आस्था से व्यक्ति को अपने कर्तव्य–पथ का पता चलता है। यद्यपि प्रत्येक व्यक्ति के लिये कर्तव्य–पथ का स्वरूप अलग–अलग हो सकता है, जिसे वह अपने विशिष्ट तरीके से तय करता है। परन्तु यह सार्वभौमिक तथ्य है कि कर्तव्य–पथ पर भांति–भांति की बाधाओं से पार पाने के लिये उसे कठिन संघर्ष करना पड़ता है। संघर्षरूपी अग्नि से तपकर ही व्यक्ति कुंदन बनता है। हर घड़ी परीक्षा से भरे अपने कर्तव्य–पथ पर संघर्ष करते हुये आगे बढ़ने के लिये व्यक्ति को जिस विशिष्ट शक्ति की आवश्यकता पड़ती है, वह है – मन की शक्ति।

मन की शक्ति व्यक्ति में निहित ईश्वर की शक्ति है, जिसके कारण व्यक्ति को अपने स्वरूप की भूमिका का भान होता है। दूसरे शब्दों में कहें तो मन की शक्ति में ही मानव का अस्तित्व प्रतिष्ठित है। मनरूपी शक्ति बिना तन की शक्ति का भी कोई प्रयोजन नहीं है। पर सवाल यह है कि आज के प्रतिस्पर्धात्मक एवं हर पल दौड़ती जिंदगी में यह शक्ति किस प्रकार प्राप्त की जाय? किस स्थल पर पहुंचा जाये, जहां मन में भरे दिव्य प्रकाश को केंद्रित कर अनंत शक्ति को जागृत किया जा सके?

इसका सीधा उत्तर आप उन पवित्र स्थलों पर सहज ही प्राप्त कर सकते हैं, जिन्हें शक्तिपीठ कहा जाता है। शक्तिपीठ वह स्थल हैं, जो त्रिदेवियों– महासरस्वती, महालक्ष्मी और महाकाली की सम्मिलित शक्ति अर्थात् देवी शक्ति (देवी सती का दिव्य स्वरूप) के अधिष्ठान् के रूप में जाने जाते हैं। यहां देवी सती के गिरे दिव्य पवित्र अंग या आभूषण विराजमान होने की मान्यता है। वास्तव में चमत्कारिक महात्म्य से परिपूर्ण ये पावन स्थल देवी शक्ति के परम–प्रिय निवास स्थल हैं। प्रारंभ से ही इन पौराणिक स्थलों की संख्या, अर्थ, भौगोलिक स्थिति को लेकर विभिन्न मतैक्य रहे हैं, जो इनकी गूढ़ता का परिचायक है। ऐसे विषय को सहजता से प्रस्तुत करना किसी चुनौती से कम नहीं है। मन की शक्ति द्वारा ही इस चुनौती को पूरा किया जा सकता है। धार्मिक पर्यटन पर आधारित प्रस्तुत पुस्तक शक्तिपीठ में शक्तिपीठ स्थलों के बारे में सटीक, यथार्थपरक एवं शोधात्मक जानकारी धार्मिक पर्यटन की भावना के साथ दी गई है, जिससे आज भी आम पाठक अनभिज्ञ हैं। इसमें देवी शक्ति के 52 शक्तिपीठों के बारे में संक्षिप्त जानकारी पर्यटन की आवश्यक बातों को ध्यान में रखते हुये समाहित की गई है। ये सभी शक्तिपीठ भारतीय उप–महाद्वीप के विभिन्न स्थानों पर प्रतिष्ठित हैं, जो आज विभिन्न देशों की सीमाओं में स्थित हैं, यद्यपि इन सीमाओं का निर्धारण ईश्वर की नहीं वरन् मानव की देन है।

प्रस्तुत पुस्तक में हर शक्तिपीठ स्थल को व्यापक भ्रमण एवं शोध के बाद वर्णित किया गया है, जो देवी शक्ति के उन प्राचीन स्थलों को उजागर करता है, जहां आपको देवी शक्ति की साधना से ऐसी अद्भुत शक्ति एवं शांति की प्राप्ति होगी जो अन्यत्र दुर्लभ है क्योंकि हर एक पवित्र स्थल की अपनी महत्ता होती है, जिसे उस विशिष्ट स्थल पर पहुंच कर ही महसूस किया जा सकता है। इसका आत्मिक अनुभव आप इस पुस्तक में वर्णित विभिन्न शक्तिपीठ स्थलों की धार्मिक यात्रा में सहज ही महसूस करेंगे। वास्तव में आपको शांति एवं शक्ति के दिव्य संयोजन की दुर्लभ प्राप्ति से युक्त धार्मिक यात्रा के परम आनंद की आत्मानुभूति दिलाना ही हमारा लक्ष्य है।

शक्तिपीठ पुस्तक की मूल भावना यही है कि आपको धार्मिक पर्यटन की दृष्टि से शक्तिपीठों से संबंधित विभिन्न मान्यताओं एवं भौगोलिक वस्तुस्थिति से अवगत् कराया जाये, जहां पहुंच कर आपको देवी शक्ति के गिरे अंगों एवं आभूषणों के समान ही ओज एवं असीम शक्ति का वरदान प्राप्त हो सके हालांकि यह पूरी तरह से आपकी अटूट आस्था पर निर्भर है। शक्तिस्वरूपा जगदम्बा के दिव्य स्थलों की यह चमत्कारिक धार्मिक यात्रा आपके हर सपने को साकार एवं आपकी हर मनचाही मुराद को पूरा करेगी, ऐसी हमारी प्रत्याशा ही नहीं वरन् पूर्ण विश्वास है।

—चंद्रेश विमला त्रिपाठी

सादर प्रणाम

सृष्टि का सबसे सुंदर स्वरूप हैं, माता–पिता जिसमें पूरे ब्रह्मांड का सार निहित है। इसमें ही परम शक्ति का निवास है। वास्तव में पृथ्वी पर यही परमपिता का प्रतिमान हैं। प्रस्तुत पुस्तक शक्तिपीठ मेरे माता–पिता **श्रीमती विमला त्रिपाठी–श्री दीप नारायण त्रिपाठी** के आशीर्वाद का परिणाम है, जिन्हें मेरा कोटिशः प्रणाम !!!

साथ ही मै **गुल्लीबाबा पब्लिशिंग हाउस (प्राइवेट) लिमिटेड** के निदेशक **श्री दिनेश वर्मा** जी को सहृदय धन्यवाद देना चाहता हूँ, जिनके कारण शक्तिपीठ का सपना साकार हो सका और मेरी तरफ से **गुल्लीबाबा** की पूरी टीम को भी विशेष आभार।

–चंद्रेश विमला त्रिपाठी

विषय-सूची

शक्तिपीठ–देवी शक्ति के दिव्य स्थल

खुशी की इन्तहां यह है कि पांव ईधर तो मन उधर बावला हो, नाच रहा है। ऐसा लग रहा है, मानों पंख लग गये हों और मेर हाथ आकाश को छू रहे हैं। वास्तव में मनचाही मुराद पूरी होने के अवसर मिलने का अहसास भी कितना अद्‌भुत होता है ! बचपन से ही जिस विषय को कौतूहल के साथ सुनता, समझता और सोचता आ रहा था, आज उसी पर अपने विचार उतारने का ख्याल मुझे बार–बार रोमांचित कर रहा है। इस पल मेरे रोम–रोम से बस प्रेम की ही बरसात हो रही है और लोगों को मेरे व्यक्तित्व में जहां एक विचित्र सी मोहक छवि का दर्शन हो रहा है, वहीं मेरी वाणी से शहद भरी मिठास की भीनी–भीनी सुगंध भी आ रही है। न जाने क्यूं मुझे भी हर व्यक्ति एवं हर चीज में एक विचित्र सा आकर्षण, अपनापन एवं सुंदरता का सागर ही उमड़ते हुये दिख रहा है। सच है, मन में अगर खुशी हो तो सारी दुनिया कितनी सुंदर लगती है!!!

आज मेरे मन में बसी शक्ति की परख है और संयोग देखिये कि मेरी लेखनी का विषय भी शक्तिपीठ हैं। अवश्य ही यह इस विषय का ही चमत्कार है जिसके कारण सहसा मेरा मन एक दिव्य प्रकाश–पुंज से आलोकित हो उठा है। अब मेरे मन में स्वयं को सिद्ध करने का रंच मात्र भी डर नहीं है वरन् शक्ति के सानिध्य का तेज ही सर्वत्र प्रस्फुटित हो रहा है। बह्मांड ऊर्जा एवं द्रव्य का समागम है। द्रव्य हम जीवों का प्रतीक है तो ऊर्जा शक्ति का स्वरूप है। बिना शक्ति के किसी भी जीव का अस्तित्व संभव नहीं है। यही कारण है कि अनादि कालों से हर जीव शक्ति की ही तलाश में लगा हुआ है जबकि ब्रह्मांड में निहित शक्ति का परम दिव्य प्रकाश–पुंज स्वयं हमारे अन्तर्मन में समाया हुआ है। मन में छुपे इसी दिव्य प्रकाश–पुंज को जागृत करने का माध्यम हैं– शक्तिपीठ जिन्हें भगवान सदाशिव एवं देवी आदि शक्ति ने प्राणियों को इनके मौलिक–स्वरूप का दर्शन करवाने के लिये ही लीला–स्वरूप रचा है।

शक्तिपीठों की महिमा अत्यंत अनोखी है जिसमें सनातन हिंदू धर्म का इतिहास, दर्शन एवं दिव्य–स्वरूप समाहित है। बिना शक्तिपीठों के महात्म्य के हिंदू दर्शन की परिकल्पना अधूरी है। शक्तिपीठों के मूल स्थान, संख्या, अर्थ एवं इतिहास के बारे में यूं तो विविध वैचारिक मतभेद एवं विभिन्न जनश्रुतियां विद्यमान हैं तथापि इनके दिव्य प्रभाव एवं महात्म्य के बारे में तनिक भी संशय नहीं है। इनका सार्वभौमिक सत्य ब्रह्मांड के कण–कण में विद्यमान है जिसका दर्शन धर्म, जाति एवं अहम की भावना से परे सच्चे मनरूपी आंखों द्वारा ही संभव है।

हर धाम, हर तीर्थ एवं हर मंदिर यूं तो व्यक्ति के मन में ही समाया हुआ है, परन्तु इसका दिव्य दर्शन परम ज्ञान से ही संभव है। परम ज्ञान का यह दिव्य वरदान शक्तिपीठों की साधना द्वारा आसानी से पाया जा सकता है। हर शक्तिपीठ मानव के विशिष्ट अंग की दैवीय रहस्यमयी शक्ति से जुड़ा है, जिसकी साधना व्यक्ति को देवी सती या शक्ति के दिव्य अंग के समान ही परम शक्तिमान बना देती है। यह इसलिये संभव है क्योंकि मानव शरीर के हर एक अंग की अपनी विशषता और महत्व है, जिसमें चमत्कारिक दिव्य शक्ति का भण्डार छिपा हुआ है। इसका दिव्य अनुभव शक्तिपीठ मंदिरों की धार्मिक यात्रा एवं इनकी अधिष्ठात्री देवियों के पवित्र दर्शन से सहज ही प्राप्त होता है।

"मूल प्रकृति का सहज भाव,
पुरा–संस्कृति का अमिट प्रभाव।
शक्तिपीठ देख मन का लगाव,
गूंथ रहा ब्रह्मांड का बिखराव।।"

शक्तिपीठ-अर्थ, उत्पत्ति एवं पौराणिक महत्व

शक्तिपीठ अर्थात् चमत्कारिक शक्तियों के पवित्र स्थल।

शक्तिपीठ ऐसे स्थान हैं, जिन्हें हिंदू देवी शक्ति के पवित्र परम–प्रिय स्थल के रूप में पूजा जाता है। वास्तव में श्री देवी भगवती जगदम्बा का अन्य स्वरूप देवी शक्ति के परम–प्रिय निवास–स्थल ही शक्तिपीठ हैं। यही कारण है कि इन्हें देवीपीठ भी कहा जाता है। साथ ही शक्तिपीठों की साधना से व्यक्ति को हर तरह की सिद्धी प्राप्त होने की मान्यता के कारण कुछ जानकारों द्वारा इन दिव्य देवीपीठों को सिद्धपीठ भी कहा जाता है, जहां भक्तों की हर मनोकामना पूर्ण होती है, हालांकि सिद्धपीठ एवं शक्तिपीठ की मूल भावना में व्यापक अंतर विद्यमान है। **सभी शक्तिपीठ सिद्धपीठ हैं, परन्तु सभी सिद्धपीठ शक्तिपीठ नहीं हैं।** दैवीय शक्तियों से युक्त ये पावन दिव्य–स्थल (पीठ) शाक्त संप्रदाय की इष्ट देवी एवं सनातन धर्म की मुख्य अधिष्ठात्री देवी आदि शक्ति की साधना से जुड़े हैं। देवी आदि शक्ति त्रिमूर्ति ब्रह्मा, विष्णु और महेश की शक्ति माने जाने वाली त्रिदेवियों महासरस्वती, महालक्ष्मी और महाकाली का संयुक्त स्वरूप हैं।

शक्ति संस्कृत भाषा के शब्द शक से लिया गया है, जिसका अर्थ है– सामर्थ्य अर्थात् पवित्र पराक्रम या चमत्कार जबकि पीठ का शाब्दिक अर्थ है– आसन या अधिष्ठान्। चूंकि ये अधिष्ठान् मां शक्ति के प्रिय निवास–स्थल हैं, इसलिये इन्हें शक्तिपीठ कहा जाता है। शक्ति वह दिव्य ऊर्जा है, जिसके कारण पूरे ब्रह्मांड का अस्तित्व संरक्षित है। वास्तव में यह एक अवधारणा या स्त्रीगत क्षमता है, जिसे हिंदुत्व में दैवीय मां की उपाधि प्राप्त है। ब्रह्मांड रचना के साथ ही समस्त परिवर्तनों का वाहक भी शक्ति है। इसी दिव्य शक्ति की जन्मदाता हैं– देवी शक्ति, जो भगवान शिव के साथ मिलकर विभिन्न स्वरूपों में सृष्टि की रचना, पालन एवं संहार करती हैं, जिन्हें दक्षिण भारत में अम्मा या मां के रूप में भी जाना जाता है। हिंदू पौराणिक

मान्यतानुसार देवी शक्ति का हर स्वरूप सृष्टि की जननी का प्रतीक है, जो सभी देवी–देवताओं की संयुक्त ऊर्जा का दिव्य संसार स्वयं में समेटे हुये है। देवी शक्ति को सभी देवी–देवताओं ने मिलकर सृजित तथा साथ ही विभिन्न दिव्य अस्त्र–शस्त्रों से सुशोभित किया है ताकि देवी शक्ति हर तरह की बुराई का संहार कर सकें।

विभिन्न शक्तिपीठ मंदिरों में देवी शक्ति की आराधना भिन्न–भिन्न रूपों में की जाती है। जहां एक तरफ देवी पार्वती, देवी लक्ष्मी और देवी सरस्वती जैसी शांतिमय स्वरूप वाली देवियों की आराधना होती है, तो वहीं दूसरी ओर देवी दुर्गा, देवी चामुण्डा एवं देवी काली जैसी भयंकर स्वरूप वाली देवियों को भी पूजा जाता है। देवी शक्ति जीवन के साथ ही मृत्यु की भी जननी हैं, जिनके प्रिय स्थल अर्थात् शक्तिपीठ शाश्वत ज्ञान एवं मोक्ष के गढ़ के रूप में जाने जाते हैं। यही कारण है कि कुछ लोग शक्तिपीठों को सिद्धपीठों के रूप में भी मानते हैं, जहां व्यक्ति का आध्यात्मिक शक्तियों से साक्षात्कार होने के साथ ही दिव्य ज्ञान, आशीर्वाद एवं मोक्ष मिलने की व्यापक मान्यता है। शाक्त संप्रदाय की अधिष्ठात्री देवी शक्ति का ही अन्य स्वरूप हैं– देवी गौरी या पार्वती जो सुख– शांति एवं दीर्घायु की देवी हैं। साथ ही ये पराक्रम एवं विजय की देवी दुर्गा तथा बुराईयों का अंत करने वाली देवी महाकाली का भी प्रतीक हैं। देवी सती (सत या सत्य का स्त्रीगत् रूप) देवी शक्ति का ही एक अन्य स्वरूप हैं, जिन्हें अपने पति की दीर्घायु के लिये हिंदू स्त्रियां पूजती हैं। पुराणों के अनुसार देवी सती परमपिता ब्रह्मा के मानस पुत्र दक्ष प्रजापति की पुत्री हैं, इसी कारण इन्हें देवी दक्षयानी के नाम से भी जाना जाता है। देवी दक्षयानी भगवान शिव की पत्नी हैं, जबकि देवी पार्वती इनका दूसरा अवतार हैं। देवी सती को उमा, अपर्णा, शिवकामिनी तथा अन्य सहस्त्र नामों से भी जाना जाता है।

शक्तिपीठों की उत्पत्ति का पौराणिक इतिहास देवी सती से जुड़ा है। देवी सती दिव्य प्रकृति का ही एक मानवीकरण रूप हैं, जिन्होंने परमपिता ब्रह्मा के निवेदनस्वरूप सतयुग में इनके मानस पुत्र दक्ष प्रजापति एवं देवी प्रसूति की पुत्री के रूप में जन्म लिया था। सुनहरे गौर वर्ण (रंग) के कारण देवी सती को गौरी भी कहा जाता है। प्रजापति दक्ष की पुत्री होने के कारण दक्षयानी के नाम से भी प्रसिद्ध देवी सती ने भगवान शिव को प्राप्त करने के लिये अत्यंत कठोर तप किया। यहां तक कि तपस्या के दौरान वह एक बिल्व पत्र पर आश्रित रहीं। इसीलिये देवी सती का एक नाम अपर्णा भी है। देवी सती की कठोर तपस्या से प्रसन्न होकर भगवान शिव ने इन्हें अपनी पत्नी बनाना स्वीकार कर लिया। इसके बाद देवी सती वापस अपने पिता दक्ष प्रजापति के घर लौट आई। बाद में दक्ष प्रजापति के तीव्र विरोध के बावजूद भी देवी सती का भगवान शिव से विवाह हुआ और देवी सती अपने पति भगवान शिव के साथ उनके धाम कैलाश पर्वत विदा हो गई।

अपनी पुत्री सती द्वारा भगवान शिव से विवाह करने की बात से दक्ष अत्यंत नाराज था। इसलिये भगवान शिव का अपमान करने के उद्‌देश्य से कुछ दिनों बाद दक्ष ने बृहस्पति नामक

यज्ञ का आयोजन किया। इस यज्ञ में दक्ष ने भगवान शिव एवं देवी सती के अलावा अन्य सभी देवी–देवताओं को बुलावा भेजा। देवी सती ने सोचा कि अपने परिवार का सदस्य समझ कर ही कदाचित उनके पिता ने यज्ञ का बुलावा नहीं भेजा होगा। इसीलिये उन्होंने भगवान शिव से यज्ञ–समारोह में जाने की इच्छा जताई। भगवान शिव ने पहले तो विरोध किया लेकिन देवी सती के बार–बार आग्रह करने पर वह मान गये और देवी सती को अपने गणों के साथ यज्ञ–समारोह में भाग लेने के लिये भेज दिया।

यज्ञ स्थल पहुंचने पर देवी सती का यथोचित सम्मान नहीं हुआ। साथ ही दक्ष ने भगवान शिव पर कई तीक्ष्ण कटाक्ष भी किया। देवी सती को भगवान शिव का यह अपमान सहन नहीं हुआ। देवी सती को लगा कि उनके पति भगवान शिव के अपमान का एकमात्र वहीं कारण हैं। इसीलिये आत्मग्लानि से भरकर देवी सती ने यह कहते हुये यज्ञ की वेदी में आत्मदाह कर लिया कि अगले जन्म में वह ऐसे पिता के घर जन्म लेंगी, जिसका वह मन से सम्मान कर सकें। अपने गणों द्वारा देवी सती की मृत्यु का समाचार सुनकर भगवान शिव अत्यंत क्रोध से भर उठे और वीरभद्र तथा भद्रकाली की रचना कर दक्ष के यज्ञ–स्थल को तहस–नहस करने के लिये भेज दिया। बाद में भगवान शिव स्वयं यज्ञ–स्थल पर पहुंचे और दक्ष का सिर काट डाला। इसके बाद भी भगवान शिव का क्रोध शांत नहीं हुआ, अपितु अपने चरम पर पहुंच गया।

कुछ मान्यताओं के अनुसार देवी सती के मृत शरीर को अपने कंधों पर उठाये हुये भगवान शिव सृष्टि के विनाश का प्रलयंकारी नृत्य (तांडव) करने लगे। इस नृत्य के कारण देवी सती के मृत शरीर के विभिन्न अंग एवं आभूषण पृथ्वी पर दूर–दूर तक गिरे। जिन स्थलों पर ये अंग एवं आभूषण गिरे, उन्हें ही शक्तिपीठ कहा गया। जबकि अन्य मान्यताओं के अनुसार देवी सती का मृत शरीर लिये भगवान शिव तीनों लोकों में भीषण दुःख के साथ विचरण करने लगे। इससे तीनों लोकों में हाहाकार मच गया। सभी देवी–देवता भगवान विष्णु की शरण में पहुंचे और उनसे इस विषम परिस्थिति से छुटकारा दिलाने की प्रार्थना की। सृष्टि के विनाश को रोकने तथा भगवान शिव के असह्य कष्ट को दूर करने के लिये देवाधिदेव भगवान विष्णु ने देवी सती के मृत शरीर को अपने सुदर्शन चक्र से कई टुकड़ों में विभक्त कर दिया। इसप्रकार देवी सती के कटे अंग और इनके आभूषण पृथ्वी के विभिन्न स्थानों पर गिरे, जिनसे शक्तिपीठों की उत्पत्ति हुई। मान्यता है कि इन शक्तिपीठों पर देवी सती के अंगों एवं आभूषणों की रक्षा के लिये भगवान शिव ने स्वयं को अपने रौद्र–स्वरूप भैरव के रूप में प्रतिस्थापित कर दिया हालांकि कुछ जानकारों के अनुसार भगवान शिव द्वारा देवी सती के अंगों एवं आभूषणों की रक्षा के लिये भैरव को अपने प्रतिनिधि के रूप में प्रतिस्थापित करने की बात भी कही जाती है, जिन्हें भगवान शिव का एक गण माना जाता है। यही कारण है कि हर शक्तिपीठ में देवी सती के साथ ही भगवान भैरव की भी विभिन्न स्वरूपों में आराधना की जाती है। देवी सती के पृथ्वी पर गिरे अंगों या आभूषणों तथा इनसे संबंधित मूल स्थलों की संख्या के संबंध में कई मतभेद हैं, तथापि

विविध पुराणों एवं मान्यताओं के अनुसार इनकी संख्या 108, 64, 52, 51 या 18 बताई जाती है, जो देवी सती के विशिष्ट अंग या आभूषण से जुड़े हैं, हालांकि इनके मूल स्थलों के संबंध में कई मतैक्य यथावत् कायम हैं।

शक्तिपीठों की स्थापना के साथ ही भगवान शिव का क्रोध भी शांत हो गया। उन्होंने दक्ष को क्षमा कर दिया। बाद में भगवान शिव ने दक्ष के धड़ को एक बकरे के सिर से जोड़कर उसे पुनर्जीवित कर आशीर्वाद दिया। इसके बाद दक्ष भगवान शिव का परमभक्त बन गया। कालान्तर में देवी दक्षयानी ने पर्वतों के राजा हिमालय और अप्सरा मैना की पुत्री पार्वती के रूप में पुनर्जन्म लिया। पिता की आज्ञा एवं कठोर तपस्या से इस जन्म में भी देवी पार्वती ने भगवान शिव को ही पुनः अपने पति के रूप में प्राप्त किया। शक्तिपीठों में देवी सती या शक्ति को देवी दक्षयानी के विविध अवतारों–देवी पार्वती, देवी दुर्गा, देवी सरस्वती, देवी महालक्ष्मी, देवी काली इत्यादि विभिन्न स्वरूपों में पूजा जाता है तथा देवी सती के साथ भैरव के रूप में प्रतिस्थापित भगवान शिव को भैरव के विभिन्न रूपों जैसे– कालभैरव, संहार, निमिष, विक्रिताक्ष, वक्रतुण्ड, भीषण, उन्मत्त भैरव, महारूद्र, चंड, कपालभैरव, भीरूक, रूरू, क्रोधीश इत्यादि स्वरूपों में पूजा जाता है, जबकि सती के गिरे अंगों या आभूषणों के स्थान पर शक्तिपीठ मंदिरों के निर्माण होने की मान्यता है। कहा जाता है कि हर शक्तिपीठ मंदिर में देवी सती के साथ विराजमान भगवान शिव के रौद्र अवतार भगवान भैरव देवी सती के गिरे अंगों या आभूषणों के रक्षक हैं, हालांकि कुछ जानकारों के अनुसार इन्हें भगवान शिव का एक गण माना जाता है। **भैरव का संस्कृत भाषा में अर्थ है– भयावह या भयंकर। भैरव को कभी–कभी भैरो, भैरों या भैराद्य भी कहा जाता है, जो वास्तव में भगवान शिव का ही एक सृष्टि संहारक स्वरूप हैं, हालांकि कुछ जानकारों के अनुसार भैरव भगवान शिव के एक गण माने जाते हैं।** इन्हें आपस में लिपटे कुछ सर्पो को धारण किये हुये चित्रित किया जाता है, जो इनके कर्ण कुण्डल, कंठहार और पवित्र सूत्र (यज्ञोपवीत) माने जाते हैं। भगवान भैरव मानव हड्डियों के साथ बाघ की खाल भी धारण करते हैं, जबकि स्वान (कुत्ता) इनका प्रिय वाहन है। इनके 8 रौद्र–स्वरूप प्रमुख हैं– कालभैरव,असितांगभैरव, संहारभैरव, रूरूभैरव, क्रोधभैरव, कपालभैरव, रूद्रभैरव और उन्मत्तभैरव।

भगवान भैरव एवं देवी शक्ति की महिमा के गढ़ शक्तिपीठों के बारे में मान्यता है कि देवी सती के गिरे अंग या आभूषण से जुड़े इन स्थलों की यात्रा करने से मानव के संबंधित अंगों में अभूतपूर्व शक्ति स्वतः ही भर उठती है, यद्यपि यह पूरी तरह से व्यक्ति की अगाध श्रद्धा पर निर्भर करता है। वैसे भी सनातन हिंदू धर्म पूरी तरह से आस्था या विश्वास पर टिका है, जिसका चरमोत्कर्ष शक्तिपीठ स्थलों पर सहज ही दिखाई पड़ता है। इन स्थलों की यात्रा से मानव के विशिष्ट अंगों में देवी सती से संबंधित अंग या आभूषण के समान ही घाव भरने की जादुई शक्ति तथा अनंत कांति स्वतः ही समाहित हो जाती है, जो सदाशिव एवं आदिशक्ति के एकाकार स्वरूप की दिव्य संयुक्त शक्ति का परिणाम है।

वास्तव में भगवान शिव एवं देवी शक्ति एक दूसरे के पूरक हैं। बिना शिव के शक्ति तथा बिना शक्ति के शिव अधूरे हैं। यही कारण है कि हर शक्तिपीठ में देवी शक्ति या सती के साथ भगवान शिव भगवान भैरव के रूप में विराजमान हैं, जो भिन्न–भिन्न स्वरूपों में भक्तों के भिन्न–भिन्न प्रयोजनों एवं मनोकामनाओं को पूरा करते हैं। शक्तिपीठों का विशिष्टता से युक्त विशद वर्णन पुराणों की महिमा को एक दिव्य स्वरूप प्रदान करता है, जिसके पवित्र पठन, श्रवण या दर्शन से व्यक्ति को मोक्ष की प्राप्ति होती है। साथ ही शक्तिपीठों से सनातन हिंदू धर्म की अद्वितीय विशिष्टता आस्था या विश्वास की बलवती भावना भी सहजता से उजागर होती है, जिसकी बुनियाद पर यह आज भी युगों–युगों से कायम है। वास्तव में हिंदू धर्म में निहित विविध पुराणों एवं विभिन्न मान्यताओं की प्रामाणिकता एवं महात्म्य शक्तिपीठों के पवित्र उल्लेख बिना सर्वथा अधूरा है।

क्रोध से भ्रम पैदा होता है. भ्रम से बुद्धि व्यग्र होती है. जब बुद्धि व्यग्र होती है तब तर्क नष्ट हो जाता है. जब तर्क नष्ट हो जाता है तब व्यक्ति का पतन हो जाता है।

—श्रीमद्भगवद्गीता

52 शक्तिपीठ : संक्षिप्त विवरण

सनातन हिंदू धर्म में 18 पुराणों की महत्ता जगजाहिर है। इन्हीं 18 पुराणों में से एक ब्रह्मानंद पुराण के अनुसार आर्यावर्त या ब्रह्मदेश (तत्कालीन भारतवर्ष) में 64 शक्तिपीठों के अस्तित्व का उल्लेख मिलता है, जबकि **महापीठ पुराण में इन दिव्य शक्तिपीठों की संख्या 52 बताई गई है।** चूंकि शक्तिपीठों का महात्म्य पीठों या अधिष्ठानों से संबंधित है। इस कारण इन पवित्र शक्तिस्थलों के लिये महापीठ पुराण के 52 शक्तिपीठों का उल्लेख सर्वथा उपयुक्त प्रतीत होता है, हालांकि विभिन्न पुस्तकों, पुराणों एवं जानकारों के अनुसार देवी शक्ति के इन परम–प्रिय निवास–स्थलों अर्थात् शक्तिपीठों के मूल स्थल एवं यहां गिरे देवी सती के दिव्य अंगों या आभूषणों के संबंध में कई विरोधाभाष कायम हैं, तथापि इनके महात्म्य के संबंध में तनिक भी संदेह नहीं है। इन स्थलों की धार्मिक यात्रा में व्यक्ति को दिव्य ज्ञान, आत्म–संतोष एवं मुक्ति के मार्ग का दुर्लभ दर्शन होता है। शक्तिपीठों की मूल संख्या को लेकर यूं तो कई मतभेद कायम हैं, तथापि वर्तमान में 52 शक्तिपीठों की व्यापक मान्यता है, जो भारतीय उप–महाद्वीप के भारत, बांग्ला देश, नेपाल, पाकिस्तान, श्रीलंका और तिब्बत (चीन) में स्थित हैं।

"विभिन्न वेबसाइटों, धार्मिक पुस्तकों, प्रसिद्ध जानकारों एवं स्थानीय सूत्रों जैसे महत्वपूर्ण स्त्रोतों की अलग–अलग मान्यताओं के गहन अध्ययन के बाद निकले संयुक्त–स्वरूप पर आधारित यथा संभव सचित्र इन 52 शक्तिपीठों के नाम एवं इनसे संबंधित संक्षिप्त विवरण निम्नवत् है, जिसका उद्देश्य शक्तिपीठों के संबंध में अंतिम मत प्रदान करना नहीं, वरन् इनके अर्थ, पौराणिक इतिहास, स्थानिक भूगोल, विभिन्न मान्यताओं, स्थानीय आस्था एवं महात्म्य को सामान्यजनों या भक्तजनों के कल्याणार्थ मात्र रेखांकित करना है।"

(1) कामाक्षी देवी शक्तिपीठ

- **स्थानः** जनपद–कांचीपुरम (कांची), तमिलनाडु, भारत।
- **देवी सती का गिरा अंग या आभूषणः** उत्तियाना (उदर या पेट पर धारण किया जाने वाला आभूषण)।

कामाक्षी अम्मा मंदिर के रूप में विख्यात् यह एक प्रसिद्ध हिंदू मंदिर है, जो देवी त्रिपुरसुंदरी के विविध स्वरूपों में से एक कामाक्षी देवी को समर्पित है। यह एक शक्तिपीठ है, जो भारत के तमिलनाडु राज्य की राजधानी चेन्नई के निकट बसे ऐतिहासिक नगर कांचीपुरम (कांची) में स्थित है। महान संत आदि शंकराचार्य से जुड़े इस अति प्राचीन शहर के कामाक्षी देवी मंदिर स्थल पर देवी सती का उत्तियाना (उदर या पेट पर धारण किया जाने वाला आभूषण) गिरने की मान्यता है। देवी सती के गिरे आभूषण के स्थान पर निर्मित इस शक्तिपीठ की अधिष्ठात्री देवी को तमिलनाडु राज्य के मदुरै शहर की प्रसिद्ध देवी मीनाक्षी एवं उत्तर प्रदेश राज्य के वाराणसी शहर की देवी विशालाक्षी के समान ही भगवान शिव की पत्नी सती के दूसरे अवतार देवी पार्वती के एक अन्य स्वरूप देवी कामाक्षी के रूप में पूजा जाता है तथा देवी सती के साथ विराजमान भगवान शिव या भैरव भगवान कालभैरव के रूप में पूजे जाते हैं।

"यह मंदिर लगभग 5 एकड़ के विस्तार–क्षेत्र में फैला हुआ है, जिसके गोपुरम पर स्वर्ण के पानी का आवरण चढ़ा है। इस मंदिर की स्थापत्य–कला जटिल परन्तु बेजोड़ है। देवी पार्वती के महत्वपूर्ण मंदिरों में परंपरागत् खड़े होने की मुद्रा के स्थान पर देवी कामाक्षी यहां पद्मासन (योग विधा का एक आसन) की मुद्रा में विराजमान हैं, जो शांति एवं ऐश्वर्य की देवी हैं। देवी कामाक्षी का यह स्वरूप पाश, अंकुश, गन्ने का एक धनुष तथा पुष्प से युक्त 4 भुजाओं वाला है।"

मंदिर परिसर में प्रवेश करने के बाद श्रद्धालु 4 मीनारों वाले एक कक्ष में पहुंचते हैं। इसे पार करने के बाद ये लोग आंतरिक प्राक्रम कक्ष पहुंचते हैं। यहां से श्रृंखलाबद्ध सीढ़ियों की चढ़ाई करने के बाद श्रद्धालु अन्ततः कामाक्षी मंदिर के गर्भगृह में पहुंच कर कामाक्षी देवी तथा इनकी दिव्य प्रतिमा के सामने विराजमान श्री चक्रम की आराधना करते हैं। यहां देवी कामाक्षी की परब्रह्म के रूप में साधना की जाती है। पूर्व में कामाक्षी देवी उग्र स्वरूपिणी रूप में जानी जाती थीं, जिन्हें श्री चक्रम की स्थापना (आदि शंकराचार्य द्वारा प्रतिस्थापित) के बाद शांत स्वरूपिणी रूप में माना जाता है।

एक नजर में:

- **कैसे पहुंचें?:** कांचीपुरम से लगभग 75 किमी0 दूर स्थित चेन्नई यहां का निकटतम हवाई–अड्डा है जबकि कांचीपुरम यहां का निकटतम रेलवे स्टेशन है। कांचीपुरम चेन्नई, मदुरै, बेंगलूर, मैसूर जैसे देश के प्रमुख शहरों से उत्कृष्ट रेल, बस या कार सेवाओं द्वारा भलीप्रकार से जुड़ा है।
- **रहने योग्य स्थल:** कांचीपुरम स्थित विभिन्न होटल, टूरिस्ट लॉज एवं धर्मशालायें।
- **अनुकूल मौसम:** सितम्बर से मई।

(2) शुचिदेश शक्तिपीठ

- **स्थान:** शुचिन्द्रम, जनपद–कन्याकुमारी (जिला–मुख्यालय: नागरकोइल), तमिलनाडु, भारत।
- **देवी सती का गिरा अंग या आभूषण:** उर्ध्व दंत पंक्ति वाला हिस्सा (ऊपरी जबड़ा)।

देवी सती के 52 शक्तिपीठों में से एक यह प्रसिद्ध तीर्थस्थल भारत के तमिलनाडु राज्य के कन्याकुमारी शहर से लगभग 11 किमी0 दूर कन्याकुमारी–त्रिवेन्द्रम रोड पर बसे शुचिन्द्रम कस्बे के प्रसिद्ध शुचिन्द्रम मंदिर में स्थित माना जाता है। कन्याकुमारी शहर के जिला–मुख्यालय नागरकोइल से रेलमार्ग द्वारा इसकी दूरी मात्र 7 किमी0 है। मान्यतानुसार यहां देवी सती का उर्ध्व दंत पंक्ति वाला हिस्सा (ऊपरी जबड़ा) गिरा था। देवी सती के गिरे अंग के स्थान पर निर्मित इस शक्तिपीठ की अधिष्ठात्री देवी को देवी नारायणी के नाम से पूजा जाता है तथा देवी सती के साथ विराजमान भगवान शिव या भैरव भगवान संहार (सम्क्रूर) के रूप में पूजे जाते हैं। मुख्य मंदिर (शुचिन्द्रम) लगभग 134 फीट उंचा है, जिसकी वास्तुकला अत्यंत दर्शनीय है।

"इस अति प्रसिद्ध मंदिर के सामने का पूरा हिस्सा हिंदू पौराणिक कथाओं के चित्रण से युक्त है। यह मंदिर अपने संगीतमय मीनारों के लिये भी अति प्रसिद्ध है। ये मीनारें इस तरह बनी हैं कि हल्की सी चोट मारने पर इनसे विभिन्न तरह की स्वर–लहरियां सुनाई पड़ती हैं। ब्रह्मा, विष्णु तथा महेश के साथ ही यहां भगवान हनुमान, भगवान श्रीराम की अन्य मूर्तियां भी विराजमान हैं।"

नवरात्रि के साथ ही सितम्बर या जनवरी के महीने में मरखजी तथा अप्रैल या मई माह में पड़ने वाला चिथथिराई नामक त्योहार यहां बड़े ही धूमधाम के साथ मनाया जाता है।

एक नजर में:

- **कैसे पहुंचें?**: केरल राज्य की राजधानी तिरूवनंतपुरम यहां का निकटतम हवाई–अड्डा है, जो कन्याकुमारी शहर से लगभग 87 किमी0 दूर स्थित है। कन्याकुमारी एवं नागरकोइल जंक्शन यहां के निकटतम रेलवे स्टेशन हैं, जो देश के प्रमुख नगरों से उत्कृष्ट रेल सेवा द्वारा जुड़े हैं। बस या कार द्वारा चेन्नई, मदुरै, बेंगलूर, पुडुचेरि, तिरूवनंतपुरम जैसे नगरों से कन्याकुमारी शहर पहुंचा जा सकता है, जहां से शुचिन्द्रम के लिये बड़े पैमाने पर टूरिस्ट टैक्सी एवं ऑटो रिक्शा उपलब्ध हैं।
- **रहने योग्य स्थल**: कन्याकुमारी स्थित विभिन्न होटल, टूरिस्ट लॉज एवं धर्मशालायें।

  अनुकूल मौसम: वर्ष भर परन्तु विशेष कर नवरात्र का समय।

अगर आपकी समस्या एक जहाज जितनी बड़ी हो तो भूलें नहीं कि प्रभु की कृपा सागर जितनी विशाल है।

(3) श्रावणी देवी कन्याश्रम शक्तिपीठ

- **स्थान:** कन्याश्रम, जनपद– कन्याकुमारी (जिला–मुख्यालय: नागरकोइल), तमिलनाडु, भारत।

- **देवी सती का गिरा अंग या आभूषण:** पृष्ठ भाग (पीठ)।

भारत के प्रमुख शक्तिपीठों में से एक श्रावणी देवी कन्याश्रम शक्तिपीठ तमिलनाडु राज्य के कन्याकुमारी शहर के कन्याश्रम नामक स्थान में स्थित कन्याकुमारी मुख्य मंदिर के समीप बने भद्रकाली देवासोम मंदिर के रूप में माना जाता है। मान्यता है कि कन्याश्रम के पावन स्थल पर देवी सती का पृष्ठ भाग या पीठ गिरा था। देवी सती के गिरे अंग के स्थान पर निर्मित इस शक्तिपीठ की अधिष्ठात्री देवी को देवी श्रावणी के नाम से पूजा जाता है तथा देवी सती के साथ विराजमान भगवान शिव या भैरव भगवान निमिष के रूप में पूजे जाते हैं।

"यह शक्तिपीठ उस पावन स्थल पर स्थित है, जहां बंगाल की खाड़ी, अरब सागर और हिंद महासागर एक दूसरे से मिलते हैं। कुछ जानकारों के अनुसार कुमारी देवी मंदिर को भी एक शक्तिपीठ के रूप में पूजा जाता है, जो देवी कुमारी को समर्पित है। अति प्रसिद्ध कन्याकुमारी शहर का नाम देवी कुमारी से ही पड़ा है, जो देवी पार्वती का ही एक अवतार मानी जाती हैं। भगवान शिव से प्रस्तावित विवाह न हो पाने के कारण ही ये एक कुमारी देवी के रूप में पूजी जाती हैं।"

कन्याकुमारी मंदिर का मुख्य प्रवेश–द्वार उत्तरी द्वार से होकर खुलता है। यद्यपि देवी कुमारी का मुख पूरब दिशा की ओर है, तथापि इस मंदिर का पूर्वी द्वार कुछ विशेष आयोजनों को छोड़कर सामान्यतया बंद रखा जाता है। मुख्य मंदिर के गर्भगृह को घेरे हुये 3 गलियारे हैं।

बाहरी गलियारे को पार करने के बाद श्रद्धालु नवाराथिरि मण्डपम नामक एक कक्ष में पहुंचते हैं, जो दूसरा गलियारा है। यह गर्भगृह को घेरे हुये है। यहां से देवी कुमारी की स्पष्ट छवि दिखायी पड़ती है। कुमारी मंदिर में प्रवेश करने से पूर्व परंपरानुसार पुरूष श्रद्धालुओं को अपनी कमीज या शर्ट बाहर ही उतारनी पड़ती है। मुख्य मंदिर खुलने एवं बंद होने का समय सुबह 4.30–11.45 तथा शाम 5.30–8.45 है। मई–जून और नवरात्रि (सितम्बर–अक्टूबर) महीने में यहां धार्मिक उत्सवों की बहार देखने लायक होती है।

एक नजर में:

- **कैसे पहुंचें?**: कन्याकुमारी शहर से लगभग 87 किमी0 दूर स्थित तिरूवनंतपुरम यहां का निकटतम हवाई–अड्डा जबकि कन्याकुमारी एवं नागरकोइल निकटतम रेलवे स्टेशन हैं। बस या कार द्वारा भी चेन्नई, बेंगलूर, मदुरै, पुडुचेरि, तिरूवनंतपुरम जैसे नगरों से कन्याकुमारी शहर पहुंचा जा सकता है, जहां से कन्याश्रम स्थल के लिये बड़े पैमाने पर टूरिस्ट टैक्सी एवं ऑटो रिक्शा उपलब्ध हैं।
- **रहने योग्य स्थल**: कन्याकुमारी स्थित विभिन्न होटल, टूरिस्ट लॉज एवं धर्मशालायें।
- **अनुकूल मौसम**: वर्ष भर परन्तु विशेष कर नवरात्र का समय।

अन्य मान्यतानुसार:

- **चत्ताल भवानी शक्तिपीठ**: बांग्ला देश के चित्तागोंग (चट्टगांव) प्रशासनिक प्रभाग (विभाग) के अंतर्गत् चित्तागोंग (चट्टगांव) जनपद के सीताकुंड उपजिला में चंद्रनाथ पहाड़ी पर स्थित इस शक्तिपीठ को चत्रग्राम शक्तिपीठ भी कहा जाता है, हालांकि यहां देवी सती की दाहिनी भुजा गिरने की व्यापक मान्यता है। बांग्ला देश की आर्थिक राजधानी माना जाने वाला चित्तागोंग (चट्टगांव) जनपद कर्णफुली नदी के किनारे स्थित है। यह बांग्ला देश का दूसरा सबसे बड़ा शहर एवं मुख्य बंदरगाह है। चित्तागोंग जनपद में ही स्थित प्रसिद्ध पर्यटन–स्थल सीताकुंड उपजिला, जहां चत्ताल भवानी शक्तिपीठ स्थित है, पहुंचने के लिये भक्तों को चित्तागोंग शहर से लगभग 37 किमी0 की दूरी तय करनी पड़ती है। इस रमणीक स्थल पर बना देवी भवानी को समर्पित यह शक्तिपीठ मंदिर बांग्ला देश के प्रसिद्ध मंदिरों में से एक है। यहां विभिन्न धार्मिक आयोजनों का उल्लास देखते ही बनता है। फरवरी माह में शिव–चतुर्दशी के दिन यहां एक विशाल मेले का आयोजन होता है, जिसमें दूर–दूर से लोग जमा होते हैं। देवी भवानी का पवित्र दर्शन करने के बाद नमक के एक जल–स्त्रोत का भ्रमण करने के साथ ही भक्त यहां से लगभग 5 किमी0 दूर उत्तर दिशा की ओर स्थित लाबानाख्या नामक एक प्रसिद्ध रमणीक स्थल के सुंदर नजारों का भी भरपूर आनंद उठा सकते हैं।

एक नजर में:

- **कैसे पहुंचें?:** चित्तागोंग (चट्टगांव) यहां का निकटतम हवाई–अड्डा है जबकि यहां का निकटतम रेलवे स्टेशन सीताकुंड है, जो चित्तागोंग के साथ ही बांग्ला देश के प्रमुख नगरों से उत्कृष्ट रेल सेवा द्वारा जुड़ा है। सीताकुंड के लिये बस एवं कार सेवायें उपलब्ध हैं, जहां से अपनी सुविधानुसार विभिन्न यातायात साधनों के प्रयोग द्वारा आप यहां पहुंच सकते हैं।
- **रहने योग्य स्थल:** सीताकुंड स्थित विभिन्न होटल एवं टूरिस्ट लॉज।
- **अनुकूल मौसम:** सितम्बर से मई।

(4) सप्तश्रृंगी देवी जनस्थान शक्तिपीठ

- **स्थान:** सप्तश्रृंगीगड, वणी, जनपद–नासिक, महाराष्ट्र।
- **देवी सती का गिरा अंग या आभूषण:** चिबुक (ठुड्डी)।

यह शक्तिपीठ भारत के महाराष्ट्र राज्य के धार्मिक नगर नासिक के वणी कस्बे के निकट सप्तश्रृंगीगड नामक स्थान (पूर्व में जनस्थान) में सप्तश्रृंगी पहाड़ी पर स्थित है। यह शक्तिपीठ मंदिर कुंभनगरी नासिक से लगभग 60 किमी0 दूर स्थित है। इस पावन स्थल पर देवी सती के चिबुक (ठुड्डी) गिरने की मान्यता है।

"देवी सती के गिरे अंग के स्थान पर निर्मित इस शक्तिपीठ की अधिष्ठात्री देवी को देवी सप्तश्रृंगी या देवी भ्रामरी (देवी चिबुका) के रूप में पूजा जाता है तथा देवी के साथ विराजमान भगवान शिव या भैरव भगवान विक्रिताक्ष के नाम से

पूजे जाते हैं। यहां देवी भगवती (देवी सती) 7 पर्वतश्रेणियों पर विराजमान हैं इसीलिये इन्हें देवी सप्तश्रृंगी (सप्तः सात, श्रृंगः श्रेणी या चोटी) कहा जाता है। देवी सप्तश्रृंगी की 18 भुजाओं में 18 दिव्य शस्त्र सुशोभित हैं।"

मुख्य मंदिर में देवी सप्तश्रृंगी दुष्टों का संहार करने वाली मुद्रा में विराजमान हैं। देवी सप्तश्रृंगी या देवी भ्रामरी कुल दैवत (परिवार की कुल देवी) के रूप में भी पूजी जाती हैं। सप्तश्रृंगी पहाड़ियों की तलहटी में बसे नंदूरी गांव से इस धार्मिक स्थल की चढ़ाई आरंभ होती है। यहां से मुख्य मंदिर लगभग 10 किमी0 दूर स्थित है। रास्ते में पड़ने वाले सप्तश्रृंगीगड नामक स्थान से लगभग 470 सीढ़ियों की चढ़ाई करने के बाद देवी सप्तश्रृंगी का मंदिर पड़ता है। इन सीढ़ियों का निर्माण सन् 1710 की अवधि का माना जाता है। मंदिर की चढ़ाई के लिये डोली का भी प्रयोग किया जा सकता है। मान्यता है कि अपने वनवास काल के दौरान भगवान श्रीराम और देवी सीता ने देवी सप्तश्रृंगी का दर्शन कर आशीर्वाद प्राप्त किया था। साथ ही माक्रण्डेय तथा पराशर जैसे मुनियों ने भी यहां तपस्या किया था। वासन्ती एवं शारदीय नवरात्रि के दौरान यहां लाखों श्रद्धालुओं का उत्साह देखते ही बनता है।

एक नजर में:

- **कैसे पहुंचें?**: नासिक से लगभग 180 किमी0 दूर स्थित मुंबई का छत्रपति शिवाजी अंतर्राष्ट्रीय हवाई–अड्डा यहां का निकटतम एयरपोर्ट है। नासिक शहर से लगभग 9 किमी0 दूर स्थित नासिक रोड स्टेशन यहां का निकटतम रेलवे स्टेशन है, जो देश के महत्वपूर्ण शहरों से उत्कृष्ट रेल सेवा द्वारा जुड़ा है। हैदराबाद से देवागिरि एक्सप्रेस, मुंबई से हावड़ा मेल तथा पुणे से पुणे–मनमाड एक्सप्रेस नासिक रोड स्टेशन से गुजरने वाली कुछ प्रमुख रेलगाड़ियां हैं।
- **सड़कमार्ग**: मुंबई, पुणे इत्यादि शहरों से नासिक के लिये विभिन्न राजकीय, प्राइवेट वातानुकूलित एवं डीलक्स बसें उपलब्ध हैं, जहां से वणी स्थित सप्तश्रृंगीगड के प्रसिद्ध मंदिर सप्तश्रृंगी जनस्थान शक्तिपीठ पहुंचा जा सकता है।
- **रहने योग्य स्थल**: नासिक स्थित विभिन्न होटल, लॉज एवं धर्मशालायें।
- **अनुकूल मौसम**: सितम्बर से अप्रैल।

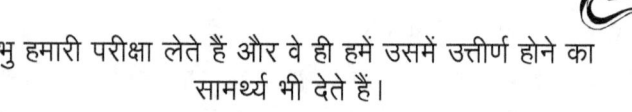

प्रभु हमारी परीक्षा लेते हैं और वे ही हमें उसमें उत्तीर्ण होने का सामर्थ्य भी देते हैं।

(5) बिराजा (विराजा) देवी उत्कल शक्तिपीठ

- **स्थान**: जनपद– जाजपुर (जिला–मुख्यालय: जाजपुर टाउन), ओडिशा, भारत।
- **देवी सती का गिरा अंग या आभूषण**: नाभि या नाड़ी।

भारत के ओडिशा राज्य (पूर्व में उड़ीसा या उत्कल) के जाजपुर जनपद (जिला–मुख्यालय: जाजपुर टाउन) में स्थित यह शक्तिपीठ मंदिर हिंदुओं का एक प्राचीन तीर्थस्थल है। यहां देवी सती के नाभि या नाड़ी गिरने की मान्यता है। देवी सती के गिरे अंग के स्थान पर निर्मित इस शक्तिपीठ की अधिष्ठात्री देवी को देवी बिराजा (विराजा) या देवी गिरिजा के नाम से पूजा जाता है, जो देवी दुर्गा की दिव्य मूर्ति के रूप में यहां विराजमान हैं, जबकि देवी सती के साथ विराजमान भगवान शिव या भैरव भगवान जगन्नाथ के रूप में पूजे जाते हैं।

"यह शक्तिपीठ मंदिर बिराजा देवी मंदिर के नाम से विख्यात् है। मंदिर परिसर अत्यंत विशाल है, जहां बहुत सारे शिवलिंग और अन्य देवी–देवताओं की मूर्तियां भी शोभायमान हैं। 13वीं शताब्दी में बना बिराजा मंदिर गिरिजा देवी मंदिर के नाम से भी प्रसिद्ध है, जिसके गर्भगृह में शेर पर सवार बिराजा देवी के एक हाथ में भाला तो दूसरे हाथ में महिषासुर दैत्य की पूंछ विद्यमान है।"

जाजपुर एक प्राचीन हिंदू तीर्थस्थल है, जिसका नाम राजा जजाति केशरी से पड़ा है। जाजपुर को देवी विमला के कारण विमलापुरी भी कहा जाता है। प्रसिद्ध बिराजा देवी मंदिर के कारण जाजपुर बिराज पीठ के नाम से भी प्रसिद्ध है, जो किसी समय ओडिशा राज्य की राजधानी भी रह चुका है। सदियों से बिराज(विराज) क्षेत्र के रूप में विख्यात् रहा ओडिशा का यह पवित्र शहर ब्रह्मा के पंचक्षेत्रों में से एक माना जाता है, जो प्रसिद्ध दशाश्वमेध नामक यज्ञ की पावन–स्थली भी रहा चुका है। विभिन्न ऐतिहासिक मंदिरों के कारण ही जाजपुर को वैतरणी तीर्थ

भी कहा जाता है। यहां के प्रसिद्ध मंदिरों में जगन्नाथ मंदिर, बराह मंदिर, राम मंदिर, सिद्धेश्वर मंदिर, वेलेश्वर मंदिर, किलातेश्वर मंदिर, वरूणेश्वर मंदिर, छत्तिया बाता मंदिर और दशाश्वमेध घाट प्रमुख हैं, लेकिन बिराजा देवी मंदिर ही यहां का सबसे प्रसिद्ध मंदिर है। मान्यता है कि बिराजा देवी मंदिर में भक्तों द्वारा अर्पित किया गया चढ़ावा सीधे सागर (बंगाल की खाड़ी) तक पहुंच जाता है। दुर्गा एवं काली पूजा के अवसर पर यहां उत्सवों की बहार देखते ही बनती है। दुर्गा पूजा के अवसर पर यहां आयोजित होने वाला कार–उत्सव खास आकर्षण है। यह शक्तिपीठ स्थल कोलकाता से लगभग 337 किमी0, कटक से लगभग 72 किमी0 तथा ओडिशा राज्य की राजधानी भुवनेश्वर से लगभग 100 किमी0 दूर स्थित है, जहां विराजमान मां बिराजा देवी की आराधना से भक्तों को हर तरह की सिद्धी प्राप्त होती है।

एक नजर में:

- **कैसे पहुंचें?**: भुवनेश्वर (कटक शहर से लगभग 29 किमी0 दूर) यहां का निकटतम हवाई–अड्डा है, जो जाजपुर से लगभग 121 किमी0 दूर स्थित है। हावड़ा–चेन्नई रेलमार्ग के मध्य जाजपुर नगर स्थित केवनझार रोड यहां का निकटतम रेलवे स्टेशन है। जाजपुर से लगभग 27 किमी0 दूर स्थित इस शक्तिपीठ स्थल के लिये अच्छी सड़क सेवा उपलब्ध है।
- **रहने योग्य स्थल**: जाजपुर स्थित ओ0 टी0 डी0 सी0 (ओडिशा पर्यटन विकास निगम) द्वारा संचालित बिराजा पंथशाला के साथ ही अन्य प्राइवेट होटल, लॉज एवं धर्मशालायें इत्यादि।
- **अनुकूल मौसम**: वर्ष भर परन्तु विशेष कर शारदीय एवं वासन्ती नवरात्र का समय।

अन्य मान्यतानुसार:

- **पुरूषोत्तम क्षेत्र शक्तिपीठ** : भारत के ओडिशा राज्य के पुरी जनपद में स्थित प्रसिद्ध जगन्नाथ मंदिर के ठीक सामने बना देवी विमला (महादेवी) मंदिर पुरूषोत्तम क्षेत्र शक्तिपीठ कहा जाता है, जहां देवी सती के दोनों पैर गिरने की मान्यता है, हालांकि कुछ जानकारों द्वारा इस शक्तिपीठ को ही उत्कल बिराजा शक्तिपीठ माना जाता है। भारत के पूर्वी तटीय क्षेत्र में समुद्र (बंगाल की खाड़ी) के समीप नील पहाड़ी पर बसा पुरी शहर एक मशहूर पर्यटन स्थल है। यह शहर प्रसिद्ध जगन्नाथ मंदिर के लिये जाना जाता है, जहां भगवान श्रीकृष्ण के अवतार भगवान जगन्नाथ लकड़ी से बनी मूर्ति के रूप में विराजमान हैं। साथ ही यहां भगवान बलभद्र (बलराम) और देवी सुभद्रा की मूर्तियां भी विराजमान हैं। ऋग्वेद में पुरी क्षेत्र को पुरूषोत्तम क्षेत्र भी कहा गया है, जबकि ब्रह्मा पुराण में इस क्षेत्र का पुरी नाम से ही उल्लेख मिलता है। पुराणों के अनुसार ओडिशा का कोणार्क शहर सूर्य क्षेत्र, पुरी शहर विष्णु क्षेत्र, भुवनेश्वर शहर हर (महादेव) क्षेत्र तथा जाजपुर शहर पार्वती क्षेत्र के नाम से जाना जाता है।

जगन्नाथ मंदिर में भक्त सबसे पहले भगवान शिव की पूजा करते हैं। इसके बाद वट वृक्ष की पूजा करके भगवान बलभद्र की पूजा करते हैं। भगवान बलभद्र की पूजा कर भक्त भगवान जगन्नाथ की आराधना करने के बाद देवी सुभद्रा की पूजा करते हैं। यह मंदिर परिसर 10.7 एकड़ क्षेत्रफल में फैला हुआ है, जो 20 फीट उंची दीवार द्वारा चारों ओर से घिरा हुआ है। इसमें लगभग 120 मंदिर बने हुये हैं। मुख्य जगन्नाथ मंदिर का शिखर 192 फीट उंचा है। मान्यता है कि यहां विश्व का सबसे बड़ा रसोईघर है, जहां हजारों भक्त रोजाना भोजन ग्रहण करते हैं। यहां लगभग 6000 पुजारी पूजा–पाठ में लीन रहते हुये निवास करते हैं। यहां की रथयात्रा विश्वप्रसिद्ध है। जगन्नाथ भगवान के इसी दिव्य मंदिर के ठीक सामने बना विमला देवी का अत्यंत प्राचीन मंदिर एक शक्तिपीठ के रूप में इसकी महिमा को कई गुना बढ़ा देता है, जहां भक्तों को देवी विमला की आराधना से परम–सिद्धी की प्राप्ति होती है।

एक नजर में:

- **कैसे पहुंचें?**: पुरी शहर से लगभग 60 किमी0 दूर स्थित भुवनेश्वर यहां का निकटतम हवाई–अड्डा है। पूर्व–तटीय रेलवे का एक प्रमुख जंक्शन होने के कारण पुरी शहर मुंबई, दिल्ली, कोलकाता, अहमदाबाद जैसे शहरों से उत्कृष्ट रेल सेवा द्वारा जुड़ा है। पुरी शहर के लिये भुवनेश्वर एवं कटक से 10–15 मिनट जबकि कोणार्क से 20–25 मिनट के अंतराल पर नियमित बसें चलती हैं। साथ ही कोलकाता एवं विशाखापत्तनम जैसे शहरों से भी पुरी बस सेवा द्वारा सीधे जुड़ा हुआ है।
- **रहने योग्य स्थल**: पुरी स्थित विभिन्न होटल, टूरिस्ट लॉज एवं धर्मशालायें इत्यादि।
- **अनुकूल मौसम**: बरसात छोड़कर बाकी के महीने।

माया देवी मंदिर

यह मंदिर भारत के उत्तराखण्ड राज्य के हरिद्वार शहर में स्थित है, जिसे एक शक्तिपीठ के रूप में माना जाता है, हालांकि यहां देवी सती के नाभि या नाड़ी के साथ हृदय गिरने की भी मान्यता है। माया देवी हरिद्वार शहर की अधिष्ठात्री देवी हैं। उत्तर भारत का यह प्रसिद्ध मंदिर 11 वीं शताब्दी में बना है, जो माया देवी को समर्पित है। यहां देश के कोने–कोने से लोग मां माया देवी का पवित्र दर्शन करने के लिये आते हैं और मनचाही मुराद प्राप्त करते हैं। हिंदुओं में इस मंदिर के प्रति असीम श्रद्धा है। पुराणों के अनुसार देवी सती ने हरिद्वार शहर के कनखल नामक स्थान पर ही यज्ञ की वेदी में आत्मदाह किया था। माया देवी मंदिर के साथ ही विविध धार्मिक आयोजनों के लिये भी हरिद्वार शहर का एक महत्वपूर्ण स्थान है, जो भारत के एक प्रमुख पर्यटन स्थल के रूप में प्रसिद्ध है। माया देवी के शहर हरिद्वार से

थोड़ी दूर उत्तर प्रदेश राज्य के **सहारनपुर जनपद में स्थित मां शाकम्भरी देवी मंदिर** को भी स्थानीय लोगों द्वारा एक शक्तिपीठ के रूप में पूजा जाता है, हालांकि यहां देवी सती के गिरे अंग या आभूषण के संबंध में कोई प्रामाणिक साक्ष्य उपलब्ध नहीं हैं। देवी शाकम्भरी मंदिर उत्तर प्रदेश राज्य के सहारनपुर के उत्तर दिशा में लगभग 40 किमी0 दूर जसमौर गांव में स्थित है। यहां 2 मुख्य मंदिर विराजमान हैं, जिनमें से एक मां शाकम्भरी देवी को समर्पित मां शाकम्भरी देवी मंदिर तथा दूसरा इस मंदिर से लगभग 1 किमी0 दूर भूरा देव मंदिर है, जो भगवान भैरव को समर्पित है, जिन्हें मां शाकम्भरी देवी का रक्षक माना जाता है। मान्यता है कि इसी स्थान पर देवी शाकम्भरी ने महिषासुर राक्षस का संहार किया था। साथ ही देवी शाकम्भरी ने यहां लगभग 100 वर्षों तक हर माह के आखिरी दिन केवल एक बार शाकाहार भोजन करके तपस्या किया था। इस दौरान यहां प्रसिद्ध महात्माओं एवं ऋषि–मुनियों ने देवी शाकम्भरी को शाकाहार भोजन का चढ़ावा अर्पित कर इनकी आराधना की थी। इसीलिये इस मंदिर का नाम शाकम्भरी देवी मंदिर के नाम से विख्यात् है। यह मंदिर लगभग 1300 वर्षों पुराना माना जाता है। आश्विन एवं चैत्र नवरात्रि में यहां प्रसिद्ध शाकम्भरी मेले का आयोजन होता है, जिसमें लाखों श्रद्धालु भाग लेते हैं। शाकम्भरी देवी मंदिर पहली बार आने वाले श्रद्धालु सबसे पहले भूरा देव मंदिर जाते हैं। इसके बाद मां शाकम्भरी देवी का पवित्र दर्शन कर मनोवांछित फल प्राप्त करते हैं।

एक नजर में:

- **कैसे पहुंचें?**: देहरादून से लगभग 35 किमी0 दूर स्थित जॉली–ग्राण्ट हवाई–अड्डा यहां का निकटतम हवाई–अड्डा है, जो हरिद्वार से लगभग 35 किमी0 तथा रिषिकेश से लगभग 17 किमी0 दूर स्थित है, हालांकि हरिद्वार पहुंचने के लिये रेल या सड़कमार्ग अपनाना अधिक सुविधाजनक है। हरिद्वार अपनी तरह का एक प्रमुख रेलवे स्टेशन है, जो भारत के सभी महत्वपूर्ण नगरों से जुड़ा हुआ है। मुंबई, दिल्ली, वाराणसी और कोलकाता से बहुत सारी रोजाना आने–जाने वाली रेलगाड़ियां हरिद्वार स्टेशन पर रूकती हैं। नई दिल्ली से हरिद्वार जाने के लिये बहुत सारी रेलगाड़ियां उपलब्ध हैं, जिनमें देहरादून जाने वाली रेलगाड़ियों का हरिद्वार रेलवे स्टेशन पर भी ठहराव होता है। दिल्ली से लगभग 212 किमी0 दूर स्थित हरिद्वार उत्कृष्ट राजमार्ग और सड़क यातायात व्यवस्था से युक्त है, जो भारत के सभी प्रमुख शहरों से सड़कमार्ग द्वारा भलीप्रकार जुड़ा है। राष्ट्रीय राजमार्ग–58 द्वारा आप दिल्ली से हरिद्वार बड़ी आसानी से पहुंच सकते हैं।
- **रहने योग्य स्थल**: हरिद्वार एवं ऋषिकेश स्थित विभिन्न होटल, आश्रम, टूरिस्ट लॉज एवं धर्मशालायें इत्यादि।
- **अनुकूल मौसम**: सितम्बर से जून।

(6) श्री सैलम शक्तिपीठ

- **स्थान**: जनपद– कुर्नूल, आंध्र प्रदेश, भारत।
- **देवी सती का गिरा अंग या आभूषण**: दाहिने टखने का आभूषण।

श्री सैलम शक्तिपीठ भारत के आंध्र प्रदेश राज्य के कुर्नूल जिले में नल्लामलाई पर्वत श्रृंखला के अति प्राचीन श्री गिरि पहाड़ी पर पाताल गंगा नाम से प्रसिद्ध पवित्र कृष्णा नदी के दक्षिणी किनारे पर स्थित है। यह आंध्र प्रदेश की राजधानी हैदराबाद से दक्षिण दिशा में लगभग 232 किमी0 दूर स्थित है। यह शक्तिपीठ मंदिर श्री पर्वत मंदिर के नाम से भी प्रसिद्ध है, जहां दूसरी शताब्दी में बना यहां का मुख्य मंदिर परिसर 12 ज्योतिर्लिंगों तथा 52 शक्तिपीठों में से एक माना जाता है। देवी शक्ति तथा भगवान शिव का अद्वितीय संयोजन श्री सैलम को भारत के सबसे पवित्र तीर्थस्थलों में से एक बनाता है। यहां देवी सती के दाहिने टखने का आभूषण गिरने की मान्यता है।

देवी सती के गिरे आभूषण के स्थान पर निर्मित इस शक्तिपीठ की अधिष्ठात्री देवी को देवी श्री सुंदरी (देवी महालक्ष्मी) के रूप में पूजा जाता है तथा देवी सती के साथ विराजमान भगवान शिव या भैरव को भगवान सम्बरानंद (भगवान सुंदरानंद) के नाम से पूजा जाता है, जबकि स्थानीय लोगों में यहां विराजमान भगवान शिव भगवान मल्लिकार्जुन तथा भगवान शिव की पत्नी देवी शक्ति श्री भ्रामराम्बा देवी के नाम से प्रसिद्ध हैं। अति प्राचीन मूर्तियों से शोभायमान वर्तमान मुख्य मंदिर का निर्माण विजयनगर के राजा हरिहर राय ने 1404 ईसा में करवाया था,

जो एक विशाल दुर्ग की तरह है, जिसकी उंचाई 20 फीट, चौड़ाई 6 फीट तथा परिधि 2120 फीट है। 1520 ईसा के आस–पास निर्मित 3200 पत्थरों वाली इसकी दीवार के हर पत्थर का वजन 1 टन से अधिक है, जिस पर हिंदू पौराणिक दृश्यों की बारीक नक्काशी

देखने को मिलती है। यह मंदिर स्थापत्य–कला का एक अनुपम उदाहरण है, जिसके अंदर एवं बाहर स्थित 116 दर्शनीय शिलालेख भी सुशोभित हैं। मान्यता है कि इसी पवित्र स्थल पर भगवान शिव के वाहन नंदी (वृषभ) ने भगवान शिव से वरदान प्राप्त करने के लिये घोर तपस्या किया था। साथ ही आदि शंकराचार्य जैसे संतों की भी यह परम–प्रिय तपोभूमि रही है। चालुक्य, विजयनगर एवं मराठा वंश के शासकों से जुड़ा यह मंदिर फाह्यान और ह्वेनसांग के उल्लेख में भी मिलता है। मुख्य मंदिर के अलावा यहां अन्य दर्शनीय मंदिर भी हैं, जिनमें सहस्त्रलिंग मंदिर, पंचपाण्डव मंदिर और वट वृक्ष मंदिर प्रमुख हैं। श्री सैलम शक्तिपीठ की एक चमत्कारिक सिद्धपीठ के रूप में मान्यता है, जहां भक्तों को भगवान शिव एवं देवी सती से दुर्लभ ज्ञान, आशीर्वाद तथा मोक्ष का प्रसाद मिलता है। शिवरात्रि एवं नवरात्रि के शुभ अवसरों पर यहां की चहल–पहल भक्तों को बरबस ही मोह लेती है।

एक नजर में:

- **कैसे पहुंचें?**: हैदराबाद यहां का निकटतम हवाई–अड्डा है, जो कुर्नूल शहर से लगभग 219 किमी0 दूर स्थित है। सिकंदराबाद–बेंगलूर रेलवे मार्ग पर स्थित कुर्नूल एक महत्वपूर्ण रेलवे स्टेशन है, जो देश के सभी प्रमुख शहरों से रेल सेवा द्वारा जुड़ा है। कुर्नूल शहर से लगभग 178 किमी0 दूर स्थित श्री सैलम के लिये हैदराबाद, विजयवाड़ा, गुंटूर, चित्तूर और अनंतपुर से नियमित बसें संचालित होती हैं, जबकि स्थानीय आवागमन के साधनों में ऑटो, रिक्शा एवं टैक्सी बड़े पैमाने पर चलते हैं।
- **रहने योग्य स्थल**: श्री सैलम मंदिर प्रबंध समिति द्वारा संचालित धर्मशालायें तथा विभिन्न कॉटेज एवं गेस्ट हाउसेस इत्यादि।
- **अनुकूल मौसम**: मानसून छोड़कर बाकी के महीने।

अन्य मान्यतानुसार:

- **श्री पर्वत शक्तिपीठ**: यह शक्तिपीठ भारत के जम्मू–कश्मीर राज्य के लद्दाख क्षेत्र में स्थित माना जाता है, जहां देवी सती के दाहिने पैर का तलवा गिरने की भी मान्यता है। इस शक्तिपीठ के मूल स्थान के संबंध में हालांकि मतभेद है तथापि लद्दाख क्षेत्र के लेह जनपद में स्थित काली मंदिर को स्थानीय लोगों द्वारा एक शक्तिपीठ के रूप में पूजा जाता है। काली मंदिर लेह जनपद के हृदय–स्थल में एक पहाड़ी पर स्थित है। यह मंदिर पर्वत पर बने किसी रिहायशी इमारत जैसा दिखता है। लगभग 800 वर्ष पुराने इस मंदिर में देवी काली की एक विशाल प्रतिमा विराजमान है। मंदिर परिसर में विभिन्न तरह के मुखौटों का उत्कृष्ट संग्रह है। मंदिर से विश्व की सबसे ऊंची औद्योगिक हवाई–पट्टी के रूप में प्रसिद्ध लेह हवाई–पट्टी का विहंगम नजारा दिखाई देता है। काली मंदिर के वातावरण में घुली प्राकृतिक सुगंध भक्तों को मंत्र–मुग्ध कर देती है, जिसके प्रभाव में की गई साधना हर तरह की सिद्धी दिलाने में सहायक होती है।

एक नजर में:

- **कैसे पहुंचें?**: लेह यहां का निकटतम हवाई–अड्डा है, जहां के लिये दिल्ली से नियमित सीधी उड़ानें संचालित होती हैं। साथ ही लेह के लिये श्रीनगर एवं जम्मू से भी साप्ताहिक उड़ानें उपलब्ध हैं। कालका यहां का प्रमुख निकटतम रेलवे स्टेशन है, जो दिल्ली, हावड़ा आदि प्रमुख शहरों से उत्कृष्ट रेल सेवा द्वारा जुड़ा है। कारगिल होते हुये श्रीनगर–लेह राजमार्ग तथा सारचु एवं धारचु होते हुये मनाली–लेह राजमार्ग द्वारा आसानी से लेह पहुंचा जा सकता है, हालांकि यह मार्ग जून से अक्टूबर माह तक ही खुला रहता है। वैसे आप अन्य प्राइवेट गाड़ियों द्वारा भी लेह पहुंच सकते हैं।
- **रहने योग्य स्थल**: लेह स्थित धर्मशालायें, मठ, होटल एवं गेस्ट हाउसेस इत्यादि।
- **अनुकूल मौसम**: जून से अक्टूबर।

घमंडी के लिए कहीं कोई ईश्वर नहीं, ईर्ष्यालु का कोई पड़ोसी नहीं और क्रोधी का कोई मित्र नहीं।

(7) गोदावरी तीर (सर्वशैल) शक्तिपीठ

- **स्थान**: राजमुंद्री, जनपद– पूर्व गोदावरी (जिला–मुख्यालयः काकीनाडा),आंध प्रदेश, भारत।
- **देवी सती का गिरा अंग या आभूषण**: गाल (कपोल)।

भारत के अति प्रमुख शक्तिपीठों तथा दक्षिण भारत के प्रसिद्ध मंदिरों में से एक यह शक्तिपीठ मंदिर आंध्र प्रदेश राज्य के पूर्व गोदावरी जनपद (जिला–मुख्यालयः काकीनाडा) के राजमुंद्री नामक कस्बे के समीप गोदावरी नदी के किनारे सर्वशैल पहाड़ी पर बने कोटिलिंगेश्वर (कोटिलिंगालारेवु) मंदिर परिसर में स्थित है। सर्वशैल पर्वत तथा गोदावरी नदी के किनारे बने होने के कारण ही इस शक्तिपीठ मंदिर को गोदावरी तीर (सर्वशैल) शक्तिपीठ कहा जाता है। यहां देवी सती के गाल (कपोल) गिरने की मान्यता है। देवी सती के गिरे अंग के स्थान पर निर्मित इस शक्तिपीठ की अधिष्ठात्री देवी को देवी विश्वमातृका (देवी राकिणी) के नाम से पूजा जाता है तथा देवी सती के साथ विराजमान भगवान शिव या भैरव भगवान दण्डपाणि (भगवान वत्सनाभ) के रूप में पूजे जाते हैं। अति प्रसिद्ध कोटिलिंगेश्वर मंदिर शैव भक्तों के लिये एक पवित्र तीर्थस्थल है, जो पूर्व गोदावरी जनपद के मुख्यालय काकीनाडा से लगभग 45 किमी0 दूर द्रक्षार्मम के निकट स्थित है। जानकारों के अनुसार एक बार गौतम ऋषि ने देवराज इंद्र को शाप दे दिया था। इस शाप से मुक्ति के लिये देवराज इंद्र ने एक शिवलिंग की स्थापना कर इस पर करोड़ों नदियों का पवित्र जलाभिषेक किया था। इसी कारण यह मंदिर कोटिलिंगेश्वर के नाम से प्रसिद्ध हुआ।

"10–11वीं शताब्दी में निर्मित यह मंदिर अति लोकप्रिय तीर्थस्थलों में से एक है, जहां गोदावरी नदी के किनारे बने सीढ़ीनुमा घाटों की सुंदरता इसे एक सुंदर पर्यटन–स्थल का स्वरूप प्रदान करती है। मान्यता है कि मंदिर के किनारे बहती गोदावरी नदी के पवित्र जल में डुबकी लगा लेने मात्र से व्यक्ति को सारे पापों से छुटकारा मिल जाता है। कोटिलिंगेश्वर मंदिर परिसर में विराजमान देवी विश्वमातृका की आराधना से भक्तों को मनवांछित सिद्धियाँ प्राप्त होती हैं।"

शिवरात्रि एवं नवरात्रि के पावन अवसरों पर यहां भक्तों का धार्मिक उल्लास अपनी पराकाष्ठा पार कर जाता है।

एक नजर में:

- **कैसे पहुंचें?**: राजमुंद्री स्थित हवाई–अड्डे के लिये हैदराबाद, विजयवाड़ा एवं चेन्नई आदि शहरों से नियमित उड़ानें संचालित होती हैं। राजमुंद्री हावड़ा–चेन्नई मुख्य तटीय रेलवे मार्ग पर स्थित है, जहां विशाखापत्तनम से पहुंचने में करीब 3–5 घंटे का समय लगता है। राष्ट्रीय राजमार्ग–5 पर स्थित राजमुंद्री कोलकाता एवं चेन्नई के मध्य जुड़ी स्वर्णिम चतुर्भुज परियोजना के पूर्वी हिस्से में पड़ता है, जहां आप आसानी से पहुंच सकते हैं। नाव द्वारा गोदावरी नदी से होते हुये भद्राचलम शहर से राजमंद्री शहर पहुंचा जा सकता है।
- **रहने योग्य स्थल**: राजमुंद्री स्थित विभिन्न होटल एवं गेस्ट हाउसेस।
- **अनुकूल मौसम**: मानसून को छोड़कर बाकी के महीने।

(8) प्रभास शक्तिपीठ

- **स्थान**: वेरावल, जनपद– जूनागढ़, गुजरात, भारत।
- **देवी सती का गिरा अंग या आभूषण**: उदर (पेट)।

यह शक्तिपीठ भारत के गुजरात राज्य के जूनागढ़ जनपद के वेरावल कस्बे से लगभग 4 किमी0 दूर प्रसिद्ध सोमनाथ मंदिर के आस–पास का क्षेत्र जिसे पूर्व में प्रभास पाटन कहा जाता था, में स्थित है। यहां देवी सती के उदर (पेट) गिरने की मान्यता है। देवी सती के गिरे अंग के स्थान पर निर्मित इस शक्तिपीठ की अधिष्ठात्री देवी को देवी चंद्रभागा के नाम से पूजा जाता है तथा देवी सती के साथ विराजमान भगवान शिव या भैरव भगवान वक्रतुंड के रूप में पूजे जाते हैं। प्रभास शक्तिपीठ के मूल स्थान के संबंध में कई मतैक्य हैं, हालांकि स्थानीय लोगों द्वारा जूनागढ़ के वेरावल कस्बे में पवित्र गिरनार पर्वत के शिखर पर स्थित **अम्बा माता मंदिर** को ही प्रभास शक्तिपीठ के रूप में पूजा जाता है। ऐतिहासिक धरोहरों एवं धार्मिक स्थलों के लिये प्रसिद्ध जूनागढ़ शहर पवित्र गिरनार पर्वत के निचले तल पर स्थित है, जहां 600 मी0 ऊंची गिरनार पहाड़ी के शिखर पर स्थित अम्बा माता मंदिर देवी अम्बा को समर्पित है, जो देवी शक्ति का एक अन्य स्वरूप हैं।

"मान्यता है कि एक बार इस मंदिर का भ्रमण कर लेने से वैवाहिक जीवन अत्यंत सुखमय व्यतीत होता है। यही कारण है कि यहां नवविवाहित युगल देवी अम्बा माता का आशीर्वाद प्राप्त करके ही अपने सुखमय जीवन की शुरूआत करते हैं। गुजरात राज्य के सबसे प्राचीन मंदिरों में से एक यह प्रसिद्ध हिंदू मंदिर 12 वीं शताब्दी पूर्व का निर्मित माना जाता है।"

देवी अम्बा माता जूनागढ़ की अधिष्ठात्री देवी हैं, जिनके पद्‌चिह्न पवित्र गिरनार पर्वत पर अंकित हैं। मान्यता है कि इसी पवित्र स्थल पर भगवान श्रीकृष्ण का मुंडन संस्कार भी संपन्न

हुआ था, हालांकि कुछ जानकारों के अनुसार कुरूक्षेत्र स्थित सावित्री देवी शक्तिपीठ मंदिर पर भगवान श्रीकृष्ण एवं भगवान बलराम के मुंडन संस्कार की बात कही जाती है। अम्बा माता मंदिर में स्वर्ण का बना एक यंत्र शोभायमान है, जिस पर 51 पवित्र श्लोक उकेरे गये हैं। देवी अम्बा माता के दर्शन के लिये वर्ष भर यहां श्रद्धालुओं का जमावड़ा लगा रहता है। साथ ही मंदिर के आंगन में आयोजित होने वाले भवई लोक नाट्यकला का आनंद उठाने के लिये भी लोग भारी संख्या में यहां जमा होते हैं। इस मंदिर से कुछ दूर सोमनाथ का विश्वप्रसिद्ध मंदिर भी स्थित है, जो भगवान शिव को समर्पित है, जहां प्रभास शक्तिपीठ या देवी चंद्रभागा के विराजमान होने की मान्यता भी कुछ जानकारों द्वारा स्वीकार की जाती है। यह भगवान शिव के द्वादश ज्योर्तिलिंगों में से एक है। मान्यतानुसार सूर्यदेव द्वारा स्वर्ण, चंद्रदेव द्वारा चांदी, भगवान श्रीकृष्ण द्वारा चंदन की लकड़ी तथा भीमदेव द्वारा पत्थर से 4 चरणों में निर्मित यह मंदिर स्वयं में पुरातन कला एवं संस्कृति का अद्भुत आश्चर्य समेटे हुये है। मान्यता है कि प्रभास पाटन (सोमनाथ) का यह पवित्र स्थल पौराणिक नदियों– सरस्वती, हिरण्य तथा कपिला के संगम पर स्थित है, जहां भगवान शिव का कालभैरव स्वरूप में दिव्य शिवलिंग विराजमान है। इस पवित्र भूमि पर चंद्रदेव द्वारा भगवान शिव का शिवलिंग स्थापित कर पूजन करने की मान्यता के कारण ही इसे भगवान सोमनाथ (सोम या चंद्र के नाथ या भगवान अर्थात् भगवान शिव) का धाम भी कहा जाता है। इस विश्वप्रसिद्ध मंदिर पर भक्तों का धार्मिक उल्लास देखते ही बनता है।

एक नजर में:

- **कैसे पहुंचें?**: जूनागढ़ स्थित केशोद एयरपोर्ट एवं पोरबंदर जनपद स्थित पोरबंदर एयरपोर्ट यहां के निकटतम हवाई–अड्डे हैं, जो जूनागढ़ शहर से लगभग 40 किमी0 एवं 113 किमी0 दूर स्थित हैं। अहमदाबाद–जूनागढ़ एवं राजकोट–जूनागढ़ रेलमार्ग पर स्थित जूनागढ़ स्टेशन एक प्रमुख रेलवे स्टेशन है, जो भारत के सभी प्रमुखतम शहरों से जुड़ा हुआ है। अहमदाबाद, वडोदरा, सूरत आदि गुजरात के सभी प्रमुख नगरों से राज्य परिवहन निगम की बसों द्वारा आप यहां आसानी से पहुंच सकते हैं।
- **रहने योग्य स्थल**: जूनागढ़ स्थित विभिन्न होटल, गेस्ट हाउस, पर्यटक भवन एवं धर्मशालायें।
- **अनुकूल मौसम**: मानसून को छोड़कर वर्ष भर।

इस जगत में आपका 'इंसान' के रूप में होना ही आपके लिए
सबसे बड़ी खुशी की बात है...!!

(9) कालमाधव शक्तिपीठ

- **स्थानः** अमरकंटक, जनपद–अनूपपुर, मध्य प्रदेश, भारत।
- **देवी सती का गिरा अंग या आभूषणः** वाम नितंब।

यह शक्तिपीठ भारत के मध्य प्रदेश राज्य के अनूपपुर जनपद के प्रसिद्ध अमरकंटक नामक तीर्थस्थल के समीप सोन नदी के किनारे कालमाधव पहाड़ी पर स्थित एक गुफा में बना है। यहां देवी सती का वाम नितंब या बायां नितंब गिरने की मान्यता है। देवी सती के गिरे पावन अंग के स्थान पर निर्मित इस शक्तिपीठ की अधिष्ठात्री देवी को देवी काली के नाम से पूजा जाता है तथा देवी सती के साथ विराजमान भगवान शिव या भैरव की भगवान असितांग के रूप में आराधना होती है। समुद्र–तल से लगभग 1065 मी0 की उंचाई पर विंध्याचल और सतपुड़ा पहाड़ियों के बीच में स्थित अमरकंटक मध्य प्रदेश का एक शांत कस्बा है, जहां की जलवायु गर्म एवं ठण्डी है। गर्मियों में भी यहां का तापमान लगभग 25–30 डिग्री सेंटीग्रेड के आस–पास रहता है। यह एक नगर पंचायत है, जिसे तीर्थराज भी कहा जाता है। यह प्राकृतिक विरासत क्षेत्र है, जहां वन–संपदा की भी भरमार है। यहां मैकाल पहाड़ियों की गोद में निर्मित नर्मदा कुण्ड के निकट ही सोनमुदा नामक स्थान से सोन नदी की उत्पत्ति होती है, जहां कालमाधव शक्तिपीठ मंदिर स्थित है। पौराणिक मान्यता है कि नर्मदा देवी के बायें नेत्र के अश्रु से ही सोन नदी की उत्पत्ति हुई है। सोन नदी का उद्गम स्त्रोत स्थल सोनमुदा के नाम से प्रसिद्ध है, जो नर्मदा कुण्ड से लगभग 1.5 किमी0 दूर स्थित है।

"कालमाधव शक्तिपीठ सोनाक्षी मंदिर के नाम से विख्यात् है। मां शक्ति का निवास स्थान माने जाने वाले शक्तिपीठों में से एक सोनाक्षी मंदिर की महिमा अनोखी है, जहां भक्तों की मनचाही मुराद पूरी होती है। लोकप्रिय मान्यता है कि

नवरात्रि के पावन अवसर पर देवी काली श्रद्धालुओं को आशीर्वाद देने के लिये यहां आती हैं। यह मंदिर ऐसे स्थल पर स्थित है, जहां से सोन नदी का अद्‌भुत नजारा दिखता है।"

यहां पास ही में स्थित एक कुण्ड से सोन नदी निकलती है, जहां से सतपुड़ा पहाड़ियों का विहंगम नजारा भी लिया जा सकता है। कालमाधव शक्तिपीठ के आस–पास का प्राकृतिक नजारा सैलानियों को बरबस ही मोह लेता है। यहां से कुछ दूरी पर स्थित 100 फीट की उंचाई से गिरते कपिलधारा तथा दुग्धारा जैसे दर्शनीय जल–प्रपातों का नजारा भी लिया जा सकता है। साथ ही इस मंदिर के निकट महान संत कबीर की तपोस्थली के रूप में प्रसिद्ध कबीर चबूतरा नामक एक स्थान भी स्थित है, जो कबीरपंथियों के बीच खासा लोकप्रिय है। यह वही स्थान है, जहां संत कबीर गुरू नानक देव जी से मिले थे। विभिन्न धार्मिक आकर्षणों से युक्त कालमाधव शक्तिपीठ एक मनमोहक पर्यटन–स्थल है, जहां भक्तों को आत्मिक शांति के साथ ही स्वयं में एक नई शक्ति के संचार का अनुभव भी प्राप्त होता है।

एक नजर में:

- **कैसे पहुंचें?**: जबलपुर यहां का निकटतम हवाई–अड्डा है, जो अमरकंटक से लगभग 245 किमी0 दूर स्थित है। अमरकंटक से लगभग 17 किमी0 दूर स्थित पेन्ड्रा रोड यहां का निकटतम रेलवे स्टेशन है, हालांकि अमरकंटक से लगभग 48 किमी0 दूर स्थित अनूपपुर जंक्शन अधिक सुविधाजनक स्टेशन है। अमरकंटक के लिये अनूपपुर, पेन्ड्रा रोड, बिलासपुर, शहडोल एवं भोपाल से नियमित बसें रवाना होती हैं, जहां से कालमाधव शक्तिपीठ स्थल पहुंचा जा सकता है।
- **रहने योग्य स्थल**: अमरकंटक स्थित विभिन्न होटल, गेस्ट हाउस तथा धर्मशालायें।
- **अनुकूल मौसम**: वर्ष भर।

(10) सोनदेश शक्तिपीठ

- **स्थान**: अमरकंटक, जनपद– अनूपपुर, मध्य प्रदेश, भारत।
- **देवी सती का गिरा अंग या आभूषण**: दक्षिण नितंब।

यह पवित्र शक्तिपीठ भारत के मध्य प्रदेश राज्य के अनूपपुर जनपद के प्रसिद्ध धार्मिक स्थल अमरकंटक में नर्मदा नदी के उद्‌गम स्त्रोत स्थल सोनदेश पर स्थित है, इसी कारण इस शक्तिपीठ को सोनदेश शक्तिपीठ कहा जाता है। यहां देवी सती के दक्षिण नितंब या दायां नितंब गिरने की मान्यता है। देवी सती के गिरे अंग के स्थान पर निर्मित इस शक्तिपीठ की अधिष्ठात्री देवी को देवी नर्मदा के रूप में पूजा जाता है तथा देवी सती के साथ विराजमान भगवान शिव या भैरव भगवान भद्रसेन के नाम से पूजे जाते हैं। मध्य प्रदेश के नवगठित जिले

अनूपपुर में बसा अमरकंटक नामक कस्बा समुद्र–तल से लगभग 1067 मी0 की ऊँचाई पर मैकाल नामक पहाड़ी पर बसा है। यह पहाड़ी विंध्याचल और सतपुड़ा पहाड़ी श्रृंखलाओं को आपस में जोड़ती है। अमरकंटक भगवान शिव और इनकी पुत्री नर्मदा के पौराणिक कथाओं से संबंधित स्थान है, जहां नर्मदा और सोन नदियों के साथ ही जोहिल्ला नामक नदी का उद्गम स्त्रोत भी स्थित है। ***सोनदेश शक्तिपीठ मंदिर नर्मदा उद्गम मंदिर के नाम से विख्यात् है,*** जो देवी नर्मदा मइया को समर्पित है। मुख्य मंदिर के अतिरिक्त यहां लगभग 12 अन्य मंदिर भी हैं, तथापि नर्मदा उद्गम मंदिर ही इनमें सबसे अधिक महत्वपूर्ण है। यह मंदिर अमरकंटक कस्बे की मुख्य सड़क के दक्षिण दिशा में स्थित है, जो नर्मदा नदी का उद्गम स्त्रोत है। यहां श्रद्धालुओं की भीड़ बराबर लगी रहती है।

"मान्यता है कि इसी स्थल पर नर्मदा नदी स्वर्ग से उतरी है। स्वर्ग से छनती हुई नर्मदा नदी इस पवित्र स्थल से निकल कर ही अरब सागर की ओर बहती है। मध्य भारत में नर्मदा को सबसे अधिक पवित्र नदी माना जाता है। इस संबंध में मान्यता है कि नर्मदा नदी इतनी पवित्र है कि प्रत्येक वर्ष एक बार समस्त प्राणियों का पाप ढ़ोती हुई गंगा नदी भी कोयले के समान एक काली गाय के रूप में नर्मदा नदी में स्नान करने के लिये सोनदेश की पावन भूमि पर आती है और नर्मदा के पवित्र जल में स्नान करने के बाद शुद्ध श्वेत रंग वाली गाय के रूप में वापस लौटती है।"

मान्यतानुसार नर्मदा नदी की मात्र एक झलक गंगा नदी में पवित्र स्नान के समान है। इसी कारण लोगों का अटूट विश्वास है कि नर्मदा नदी के दर्शन एवं स्नान से व्यक्ति के सारे पाप पल भर में ही धुल जाते हैं। सोनदेश में विविध धार्मिक संस्कार निरंतर संपादित होते रहते हैं, जिनमें धार्मिक उत्साह के साथ की जाने वाली नर्मदा परिक्रमा की आभा देखते ही बनती है,

जो देवी नर्मदा, सूर्यदेव एवं भगवान शिव को समर्पित है। साथ ही नाद एवं घंटियों की गुंजायमान के बीच विभिन्न धार्मिक स्त्रोतों के गान से युक्त यहां की संध्या आरती का आयोजन भक्तों को आत्मिक शांति से भर देता है। शिवरात्रि एवं नवरात्रि में यहां का धार्मिक हर्षोल्लास अपने चरम पर होता है। यहां नवरात्रि के 9 दिनों तक जलने वाला घी का दीया आस–पास के वातावरण की खूबसूरती में चार चांद लगा देता है। इस मंदिर के अतिरिक्त माई की बगिया नामक स्थल भी यहां के सबसे सुंदर स्थलों में से एक है। मान्यता है कि यह स्थान नर्मदा देवी का क्रीड़ा–स्थल है। नर्मदा नदी के उद्‌गम स्थल पर बना कुण्ड नर्मदा कुण्ड कहलाता है, जो अत्यंत पवित्र माना जाता है। इसके चारों ओर बहुत सारे मंदिर बने हैं जैसे– नर्मदा और शिव मंदिर, कार्तिकेय मंदिर, राम जानकी मंदिर, अन्नपूर्णा मंदिर, गुरू गोरखनाथ मंदिर, श्री सूर्य नारायण मंदिर, वांगेश्वर महादेव मंदिर, दुर्गा मंदिर, शिव परिवार मंदिर, सिद्धेश्वर महादेव मंदिर, राधा कृष्ण मंदिर, एकादश रूद्र मंदिर इत्यादि। नर्मदा उद्‌गम मंदिर का निर्माण नागपुर के भोंसले वंश के राजाओं द्वारा करवाया गया है, जबकि इस मंदिर की चहारदीवारी को रीवा के बाघेल वंश के महाराजा गुलाब सिंह ने बनवाया है। वहीं इसके निकट स्थित मचेंद्रनाथ और पटलेश्वर जैसे मंदिरों का निर्माण कल्चूरी वंश के राजाओं द्वारा कराया गया है। अमरकंटक से लगभग 8 किमी0 दूर ज्वालेश्वर महादेव मंदिर भी अत्यंत महत्वपूर्ण है, जिसे महारूद्र मेरू कहते हैं। यह अनूठा मंदिर यहां के अलावा केवल काशी की पवित्र भूमि में ही स्थित है। हिंदुओं के इस अति पवित्र तीर्थस्थल में प्रत्येक वर्ष मनाया जाने वाला शिवरात्रि मेला यहां का एक खास आकर्षण है। यह लगभग 80 साल पुराना है। भारतीय पुरातत्व सर्वेक्षण ने अमरकंटक के कर्णमाथा मंदिर समूह को एक संरक्षित क्षेत्र घोषित कर रखा है, जिसे हाल ही में खोजा गया है, हालांकि कुछ वर्षों पूर्व यहां की एक मूर्ति चोरी हो चुकी है। अमरकंटक कस्बे का धार्मिक महात्म्य देखकर ही विविध संप्रदायों के लोग और साधु–संत वर्षों से तपस्या करने के लिये यहां आते रहे हैं। धार्मिक महत्व के अतिरिक्त अमरकंटक अपनी प्राकृतिक सुंदरता, जलवायु संबंधी विशिष्टता के कारण भी बहुत सारे पर्यटकों को आकर्षित करता है। अमरकंटक से लगभग 12 किमी0 दूर स्थित कपिलधारा और दुग्धधारा जल–प्रपात इसे एक सुंदर पर्यटन स्थल का स्वरूप प्रदान करते हैं। यहां का तापमान 20 डिग्री सेंटीग्रेड से लेकर –2 डिग्री सेंटीग्रेड तक रहता है, हालांकि जुलाई से सितम्बर के बीच का समय बरसात का होता है। अपने सुहावने मौसम के कारण ही सैलानियों के बीच अमरकंटक एक हिल स्टेशन (पहाड़ी शहर) के रूप में भी प्रसिद्ध है, जहां स्थित सोनदेश शक्तिपीठ की धार्मिक यात्रा में भक्तों को धर्म के सुखद अनुभव के साथ ही प्राकृतिक सुंदरता का भी दुर्लभ दर्शन हासिल होता है।

एक नजर में:

- **कैसे पहुंचें?**: अमरकंटक से लगभग 245 किमी0 दूर स्थित जबलपुर यहां का निकटतम हवाई–अड्‌डा है जबकि अमरकंटक से लगभग 17 किमी0 दूर स्थित

पेन्ड्रा रोड यहां का निकटतम रेलवे स्टेशन है, हालांकि अमरकंटक से लगभग 48 किमी0 दूर स्थित अनूपपुर जंक्शन अधिक सुविधाजनक स्टेशन है। अमरकंटक के लिये अनूपपुर, पेन्ड्रा रोड, बिलासपुर, शहडोल एवं भोपाल से नियमित बसें रवाना होती हैं, जहां से ऑटो या रिक्शे द्वारा आप सोनदेश शक्तिपीठ स्थल पहुंच सकते हैं।

- **रहने योग्य स्थल**: अमरकंटक स्थित विभिन्न होटल, गेस्ट हाउस तथा धर्मशालायें।
- **अनुकूल मौसम**: वर्ष भर।

> विश्वास करो– मैंने तुम्हारे लिए वही विधान किया जो तुम्हारे लिए उचित था। मैंने आज तक जो कुछ किया तुम्हारे मंगल के लिए किया।
>
> **– तुम्हारा मित्र कन्हैया**

(11) देवी हरसिद्धी (देवी मंगलचण्डी) शक्तिपीठ

- **स्थान**: जनपद–उज्जैन, मध्य प्रदेश, भारत।
- **देवी सती का गिरा अंग या आभूषण**: ऊपरी होंठ (अन्य मान्यतानुसार: कोहनी)

भारत के मध्य प्रदेश राज्य के अति प्राचीन नगर उज्जैन (पूर्व में उज्जयिनी) जनपद के जिला–मुख्यालय उज्जैन शहर में पवित्र शिप्रा नदी के किनारे से कुछ दूर प्रसिद्ध महाकालेश्वर मंदिर के समीप ही विराजमान है यह शक्तिपीठ।

"इस पवित्र भूमि पर देवी सती के ऊपरी होंठ गिरने की मान्यता है, हालांकि कुछ जानकारों के अनुसार यहां देवी सती की कोहनी गिरने की बात भी स्वीकार की जाती है। देवी सती के गिरे अंग के स्थान पर निर्मित इस शक्तिपीठ की अधिष्ठात्री देवी को देवी मंगलचण्डी (वर्तमान मे देवी हरसिद्धी) के नाम से पूजा जाता है तथा देवी सती के साथ विराजमान भगवान शिव या भैरव भगवान कपिलाम्बर के नाम से पूजे जाते हैं।"

कुंभ नगरी उज्जैन के इस दिव्य शक्तिपीठ मंदिर में देवी मंगलचण्डी (वर्तमान मे देवी हरसिद्धी) की लाल रंग की मूर्ति विराजमान है, जिसके एक तरफ अमर ज्योति निरंतर प्रज्जवलित होती रहती है। साथ ही मंदिर के सामने काष्ठ के बने 2 दीप–स्तंभ दर्शनीय हैं। यहां नवरात्रि, सावन मास एवं कुंभ के अवसर पर भक्तों की चहल–पहल देखने लायक होती है। देवी मंगलचण्डी के दिव्य मंदिर से कुछ दूरी पर ही द्वादश ज्योर्तिलिंगों में से एक भगवान महाकालेश्वर का प्रसिद्ध मंदिर भी स्थित है, जहां का धार्मिक उत्साह वर्ष भर देखते ही बनता है।

एक नजर में:

- **कैसे पहुंचें?**: इंदौर यहां का निकटतम हवाई–अड्डा है, जहां से मुंबई, कोलकाता, दिल्ली, भोपाल एवं अहमदाबाद के लिये नियमित उड़ानें संचालित होती हैं। उज्जैन में 3 प्रमुख रेलवे स्टेशन हैं– उज्जैन सिटी जंक्शन, विक्रम नगर और चिंतामण। उज्जैन देश के सभी प्रमुख शहरों से नियमित रेल सेवा द्वारा जुड़ा हुआ है। देवास गेट और नानखेड़ा उज्जैन के प्रमुख बस स्टेशन हैं। आगरा रोड, इंदौर रोड, देवास रोड, मकसी रोड और बादनगर रोड द्वारा उज्जैन देश के प्रमुख नगरों से सड़क परिवहन सेवा द्वारा भलीप्रकार जुड़ा हुआ है। यहां प्राइवेट गाड़ियों की भी अच्छी–खासी तादाद है।
- **रहने योग्य स्थल**: उज्जैन स्थित विभिन्न होटल, आश्रम, धर्मशालायें, गेस्ट हाउस एवं टूरिस्ट लॉज।
- **अनुकूल मौसम**: वर्ष भर।

(12) गायत्री देवी मणिबंध शक्तिपीठ

- **स्थान**: पुष्कर, जनपद–अजमेर, राजस्थान, भारत।
- **देवी सती का गिरा अंग या आभूषण**: दोनों हाथों का कंगन।

यह शक्तिपीठ मंदिर भारत के रंग–बिरंगे राज्य राजस्थान के अजमेर जनपद के प्रसिद्ध पुष्कर कस्बे में मणिबंध (मणिवेदिका) पर्वत पर स्थित माना जाता है। यहां देवी सती के दोनों हाथों के कंगन गिरने की मान्यता है। देवी सती के गिरे आभूषण के स्थान पर निर्मित इस शक्तिपीठ की अधिष्ठात्री देवी को देवी गायत्री (देवी सरस्वती का एक स्वरूप) के रूप में पूजा

जाता है तथा देवी सती के साथ विराजमान भगवान शिव या भैरव भगवान सर्वानंद के नाम से पूजे जाते हैं। पुष्कर राजस्थान के अजमेर शहर से लगभग 14 किमी0 दूर स्थित एक धार्मिक कस्बा है, जो हिंदुओं के सबसे प्रमुख तीर्थस्थलों में से एक है। हिंदू पौराणिक मान्यतानुसार परमपिता ब्रह्मा ने किसी समय पृथ्वी पर एक भव्य यज्ञ करने का निश्चय किया। पृथ्वी पर इस पवित्र यज्ञ–स्थल की खोज के लिये देवताओं के बीच यह तय हुआ कि स्वर्ग से चोंच में कमल का पुष्प दबाये हुये एक हंस को पृथ्वी पर भेजा जाये, जो जिस स्थान पर कमल का पुष्प गिरायेगा, उसी पवित्र भूमि पर परमपिता बह्मा दिव्य यज्ञ करेंगे। पुष्कर वही पवित्र भूमि है, जहां हंस ने अपनी चोंच से दिव्य कमल का पुष्प गिराया था।

"इस शक्तिपीठ मंदिर की अधिष्ठात्री देवी गायत्री परमपिता बह्मा की पत्नी हैं, जिनके बारे में मान्यता है कि पुष्कर में सृष्टि के रचयिता बह्मा द्वारा किये गये इस दिव्य यज्ञ समारोह में वह उपस्थित थीं। देवी गायत्री अत्यंत पवित्र एवं शुद्ध मानी जाती हैं। देवी गायत्री को समर्पित गायत्री शक्तिपीठ मंदिर सावित्री देवी मंदिर के अत्यंत समीप ही स्थित है, जो राजस्थान के प्रमुख तीर्थस्थलों में से एक माना जाता है।"

एक पवित्र तालाब के किनारे मणिबंध पहाड़ी पर स्थित देवी गायत्री का यह प्रसिद्ध शक्तिपीठ मंदिर दोपहर के समय बंद रहता है, जिसके आस–पास के अन्य मंदिरों में ब्रह्मा मंदिर, सावित्री मंदिर, वराही मंदिर, महादेव मंदिर, रामबैकुण्ठ मंदिर, रघुनाथ मंदिर, पापमोचनी मंदिर, अप्तेश्वर मंदिर प्रमुख हैं।

एक नजर में:

- **कैसे पहुंचें?**: पुष्कर से करीब 131 किमी0 दूर स्थित जयपुर यहां का निकटतम हवाई–अड्डा है। पुष्कर से लगभग 14 किमी0 दूर स्थित अजमेर यहां का

निकटतम रेलवे स्टेशन है, जो देश के सभी प्रमुख शहरों से उत्कृष्ट रेल सेवा द्वारा जुड़ा है। पुष्कर सड़कमार्ग द्वारा देश के सभी प्रमुख शहरों से जुड़ा हुआ है, जहां स्थित मारवाड़ बस स्टैण्ड से दिल्ली, जोधपुर, बीकानेर इत्यादि शहरों जबकि अजमेर बस स्टैण्ड से अजमेर एवं जयपुर के लिये बसें संचालित होती हैं।

- **रहने योग्य स्थल:** अजमेर एवं पुष्कर में राजस्थान पर्यटन द्वारा संचालित होटल, आश्रम, धर्मशालायें, गेस्ट हाउस तथा अन्य प्राइवेट होटल।

- **अनुकूल मौसम:** गर्मी को छोड़कर वर्ष भर विशेष कर अक्टूबर–नवम्बर माह में आयोजित होने वाले पुष्कर मेले के दौरान।

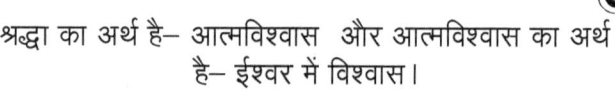

श्रद्धा का अर्थ है– आत्मविश्वास और आत्मविश्वास का अर्थ है– ईश्वर में विश्वास।

— महात्मा गाँधी

(13) बिराट (विराट) शक्तिपीठ

- **स्थान:** जनपद– भरतपुर, राजस्थान, भारत।
- **देवी सती का गिरा अंग या आभूषण:** वाम पदांगुलि (बायें पैर की अंगुलियां)।

यह शक्तिपीठ भारत के राजस्थान राज्य के भरतपुर शहर में स्थित माना जाता है। यहां देवी सती के बायें पैर की अंगुलियां (वाम पदांगुलि) गिरने की मान्यता है। देवी सती के गिरे

अंग के स्थान पर निर्मित इस शक्तिपीठ की अधिष्ठात्री देवी को देवी अम्बिका के नाम से पूजा जाता है तथा देवी सती के साथ विराजमान भगवान शिव या भैरव को भगवान अमृत के नाम से पूजे जाने की मान्यता है। राजस्थान का पूर्वी प्रवेश–द्वार कहलाने वाला भरतपुर शहर भारत का एक प्रमुख पर्यटन–गंतव्य है। राजस्थान के अन्य शहरों के समान ही भरतपुर का गौरवपूर्ण इतिहास रहा है। यहराजस्थान में मंदिरों के गढ़ के रूप में भी जाना जाता है, जहां के लगभग हर गली–कूचे में छोटे–छोटे मंदिर आसानी से देखे जा सकते हैं। भरतपुर न केवल धार्मिक वरन् अपनी अद्वितीय वास्तुकला के लिये भी अत्यंत प्रसिद्ध है। चूंकि भरतपुर के राजाओं के कुल देवता लक्ष्मण हैं, इसीलिये यहां बहुत सारे लक्ष्मण मंदिर आसानी से देखे जा सकते हैं। यह इस शहर की विशेषता है कि भारत के किसी भी अन्य शहर की अपेक्षा यहां लक्ष्मण मंदिरों की भरमार है। यहां के अन्य प्रसिद्ध मंदिरों में गंगा महारानी मंदिर तथा बांके बिहारी मंदिर प्रमुख हैं। भरतपुर स्थित बिराट शक्तिपीठ मंदिर के मूल स्थल के बारे में मतभेद कायम है, हालांकि यहां के **गंगा महारानी मंदिर** को स्थानीय लोग एक सिद्धपीठ के रूप में पूजते हैं। देवी गंगा मइया को समर्पित गंगा महारानी मंदिर स्थापत्य कला का एक अनुपम उदाहरण है, जो भरतपुर शहर के हृदय–स्थल में स्थित है। यहां देवी गंगा की भव्य प्रतिमा विराजमान है। देश के कोने–कोने से लोग यहां देवी गंगा का दर्शन करने के लिये आते हैं और मां गंगा से मनवांछित फल प्राप्त करते हैं। अपनी अद्वितीय वास्तुकला के कारण यह मंदिर पर्यटकों को भी अत्यंत लुभाता है। इस मंदिर के निर्माण का श्रेय भरतपुर के महाराजा बलवंत सिंह को दिया जाता है, जिन्होंने मन्नतस्वरूप इसकी आधारशिला रखी थी।

> *"यहां देवी गंगा की भव्य प्रतिमा के अतिरिक्त एक विशाल घड़ियाल का प्रतिमान या नमूना (मॉडल) भी निर्मित है, जिसके संबंध में मान्यता है कि यह देवी गंगा का दिव्य वाहन है। हर वर्ष श्रद्धालु हरिद्वार से गंगा नदी का पवित्र जल लाकर यहां मां गंगा के पावन चरणों के निकट रखे गये एक विशाल चांदी के पात्र में अर्पित करते हैं। मान्यता है कि इस पात्र के पवित्र जल में देवी गंगा का आशीर्वाद घुला होता है, जिसे प्रसाद के रूप में भक्तों में बांट दिया जाता है।"*

इस मंदिर की वास्तुकला में राजपूत, मुगल एवं दक्षिण भारतीय स्थापत्य–कला का अनोखा सम्मिश्रण दिखाई देता है। इसकी दीवारों और मीनारों पर अद्भुत नक्काशी की गई है, जिसे देखकर व्यक्ति आश्चर्य से भर उठता है।

एक नजर में:

- **कैसे पहुंचें?**: आगरा स्थित खेरिया यहां का निकटतम हवाई–अड्डा है, जो भरतपुर से लगभग 54 किमी0 दूर स्थित है, जहां से दिल्ली, मुंबई, खजुराहो होते हुये वाराणसी और लखनऊ के लिये कुछ उड़ानें संचालित होती हैं। भरतपुर दिल्ली–मुंबई रेलमार्ग पर स्थित है, जिससे मथुरा, सवाई माधोपुर और कोटा जैसे स्टेशन जुड़े हुये

हैं। साथ ही यह आगरा से भी रेल सेवा द्वारा जुड़ा है। भरतपुर आगरा, मथुरा, दिल्ली और जयपुर से सड़कमार्ग द्वारा अच्छी तरह जुड़ा हुआ है। भरतपुर आगरा से लगभग 55 किमी0, फतेहपुर सीकरी से लगभग 22 किमी0, मथुरा से लगभग 39 किमी0, दिल्ली से लगभग 184 किमी0, जयपुर से लगभग 176 किमी0 तथा अलवर से लगभग 177 किमी0 दूर स्थित है। स्थानीय यातायात हेतु ऑटो रिक्शा, साइकिल रिक्शा, तांगा और साइकिल का प्रयोग यहां बड़े पैमाने पर किया जाता है।

- **रहने योग्य स्थल**: भरतपुर स्थित विभिन्न होटल, धर्मशालायें एवं गेस्ट हाउसेस इत्यादि।
- **अनुकूल मौसम**: गर्मी को छोड़कर बाकी के महीने।

अन्य मान्यतानुसार:

- **विंध्याचल देवी मंदिर**: यह मंदिर भारत के उत्तर प्रदेश राज्य के मीरजापुर जनपद में स्थित है, जिसकी एक शक्तिपीठ के रूप में मान्यता है। मीरजापुर से लगभग 8 किमी0 दूर पवित्र गंगा नदी के किनारे स्थित मां विंध्यवासिनी देवी का पावन धाम विंध्याचल देवी शक्तिपीठ सती के 52 शक्तिपीठों में से एक माना जाता है। पौराणिक मान्यताओं एवं प्राचीन धर्मग्रंथों के अनुसार विंध्यवासिनी देवी को त्वरित शुभ फल देने वाली देवी के रूप में पूजा जाता है। दयारूपिणी देवी विंध्यवासिनी कजाला देवी के नाम से भी प्रसिद्ध हैं, जो विंध्य क्षेत्र के स्थानीय प्रसिद्ध लोकगीत कजली से पड़ा है। मान्यता है कि महिषासुर दैत्य का संहार करने के बाद देवी दुर्गा ने विंध्याचल पर्वत को ही अपना धाम बना लिया था, जिसके कारण वह विध्यवासिनी देवी के नाम से प्रसिद्ध हुईं। कालांतर में देवी विंध्यवासिनी ने यहीं पर शुम्भ एवं निशुम्भ राक्षसों का भी संहार किया। पौराणिक महत्व के अतिरिक्त विंध्याचल अपने सुंदर प्राकृतिक नजारों के लिये भी जाना जाता है। विंध्याचल के लोकप्रिय स्थलों में सीताकुण्ड का नाम प्रमुख है। मान्यता है कि वनवास काल समाप्त होने के बाद जब भगवान श्रीराम अपनी पत्नी सीता एवं भाई लक्ष्मण के साथ घर वापस लौट रहे थे, देवी सीता द्वारा विंध्याचल की इस पावन भूमि पर जल मांगने के बाद लक्ष्मण ने अपने दिव्य बाण से इस कुण्ड का निर्माण किया था, जिसके प्रतीकस्वरूप यहां भगवान श्रीराम, देवी सीता, लक्ष्मण तथा देवी दुर्गा को समर्पित एक मंदिर भी स्थित है। सीताकुण्ड से लगभग 48 कदम की चढ़ाई के बाद एक रास्ता पड़ता है, जो कम ऊँचाई वाली एक पहाड़ी तक पहुंचता है, जहां देवी अष्टभुजा का पवित्र मंदिर स्थित है। अष्टभुजा मंदिर के पास ही तंग मार्ग वाला एक गुफा मंदिर है, जो कालीखोह के नाम से प्रसिद्ध है, जिसमें प्रतिष्ठित मां काली का दर्शन करने के लिये

भक्तों को झुक कर अंदर प्रवेश करना पड़ता है क्योंकि इस गुफा मंदिर की छत अत्यंत छोटी है। यहां स्थित ब्रह्मकुण्ड और अगत्स्य कुण्ड के बारे में मान्यता है कि ये इतने पवित्र हैं कि इनमें स्नान करने से व्यक्ति के सारे पाप धुल जाते हैं। विंध्यवासिनी मंदिर के अतिरिक्त बुदेह नाथ मंदिर, नारद घाट, गेरूआ तालाब, मोतिया तालाब, लाल भैरव मंदिर, कालभैरव मंदिर, एकदन्त गणेश मंदिर, सप्त सरोवर, साक्षी गोपाल मंदिर, गोरक्ष कुण्ड, मत्स्येन्द्र कुण्ड, तारकेश्वर नाथ मंदिर, भैरव कुण्ड, बटुक भैरव मंदिर, विंध्येश्वर मंदिर, कामाख्या देवी मंदिर, छेत्रपाल स्थल, शिवखोह मंदिर, संकटमोचन हनुमान मंदिर, नाग कुण्ड, वाम देव मंदिर जैसे अन्य दर्शनीय धार्मिक स्थल भी अत्यंत महत्वपूर्ण हैं, जो विंध्याचल धाम की महिमा का दिव्य प्रकाश चारों दिशाओं में बिखेरते हैं। इस कड़ी में यहां का आनंद माई आश्रम भी अत्यंत महत्वपूर्ण है। विंध्यवासिनी देवी मंदिर के साथ ही अष्टभुजा मंदिर और कालीखोह मंदिर त्रिकोण परिक्रमा के 3 पावन स्थल हैं। यहां राम गया घाट पर स्थित रामेश्वर महादेव मंदिर में स्थापित शिवलिंग के बारे में मान्यता है कि इसे भगवान श्रीराम ने प्रतिष्ठित किया था। देवी विंध्यवासिनी मंदिर से लगभग 2 किमी0 दूर तारा देवी का मंदिर भी दर्शनीय है, जो एक श्मशान स्थल पर स्थित है। देवी विंध्यवासिनी का यह प्रसिद्ध देवीधाम भारत की प्राचीनतम नगरी काशी (वर्तमान में वाराणसी शहर) से लगभग 87 किमी0 दूर स्थित है, जहां सड़क या रेलमार्ग द्वारा आसानी से पहुंचा जा सकता है। चैत्र और आश्विन नवरात्रि में यहां भक्तों का हुजूम सहज ही उमड़ पड़ता है तथा धार्मिक अनुष्ठानों की बहार सी आ जाती है, जिसका दर्शन अत्यंत अद्‌भुत होता है। ज्येष्ठ (जून) माह में यहां कजली नामक एक प्रतियोगिता का आयोजन होता है, जिसमें विंध्याचल क्षेत्र के स्थानीय संस्कृति की सुंदर झलक दिखाई पड़ती है।

एक नजर में:

- **कैसे पहुंचें?**: वाराणसी यहां का निकटतम हवाई–अड्डा है, जो विंध्याचल से लगभग 90 किमी0 दूर स्थित है, जहां से दिल्ली, आगरा एवं खजुराहो के लिये उड़ानें उपलब्ध हैं। मीरजापुर स्टेशन यहां का निकटतम रेलवे स्टेशन, जबकि वाराणसी प्रमुख निकटतम रेलवे जंक्शन है। साथ ही विंध्याचल में भी रेलवे स्टेशन है, जहां दिल्ली से चलने वाली महाबोधि एक्सप्रेस, लालकिला एक्सप्रेस तथा मुंबई से चलने वाली महानगरी एक्सप्रेस एवं कोलकाता मेल जैसी रेलगाड़ियां गुजरती हैं। वाराणसी से विंध्याचल के लिये बस की अच्छी सुविधा उपलब्ध है। साथ ही कई राज्यों की अनुबंधित बसें भी विंध्याचल के लिये बड़े पैमाने पर संचालित होती हैं।
- **रहने योग्य स्थल**: विंध्याचल स्थित विभिन्न आश्रम, धर्मशालायें, होटल तथा गेस्ट हाउसेस इत्यादि।
- **अनुकूल मौसम**: वर्ष भर।

(14) सावित्री देवी शक्तिपीठ

- **स्थान**: थानेसर (प्राचीन काल में स्थानेश्वर), जनपद–कुरुक्षेत्र, हरियाणा, भारत।
- **देवी सती का गिरा अंग या आभूषण**: दायें टखने की हड्डी (गुल्फ)।

यह शक्तिपीठ भारत की प्रशासनिक राजधानी नई दिल्ली से सटे हरियाणा राज्य के कुरुक्षेत्र जनपद के थानेसर कस्बे (प्राचीन काल में स्थानेश्वर) में स्थित है। यहां देवी सती के दायें टखने की हड्डी (गुल्फ) गिरने की मान्यता है। देवी सती के गिरे अंग के स्थान पर निर्मित इस शक्तिपीठ की अधिष्ठात्री देवी को सावित्री देवी के नाम से पूजा जाता है तथा देवी सती के साथ विराजमान भगवान शिव या भैरव भगवान स्थानु (स्थाणु) के नाम से पूजे जाते हैं। ***यह शक्तिपीठ मंदिर श्री देवीकूप(भद्रकाली) मंदिर के रूप में विख्यात् है।*** आस्था एवं भक्ति का यह आध्यात्मिक केंद्र **आदिपीठ** के नाम से भी प्रसिद्ध है, जो स्थानेश्वर महादेव मंदिर से थोड़ी दूर पर स्थित है।

"एक सिद्धपीठ के रूप में प्रसिद्ध यह शक्तिपीठ मंदिर लाल पत्थरों से बना है, जहां मन्नत पूर्ण होने पर श्रृधालुओं द्वारा मिट्टी से निर्मित (टेराकोटा) घोड़े चढ़ाने की ऐतिहासिक प्रथा है। कुरुक्षेत्र की पावन भूमि पर स्थित श्री देवीकूप (भद्रकाली) मंदिर के गर्भगृह में देवी सावित्री देवी सती के दायें टखने की हड्डी (गुल्फ) के रूप में विराजमान हैं, जबकि मां भद्रकाली अपने विशिष्ट स्वरूप में प्रतिष्ठित हैं।"

शांत स्वरूप में सुशोभित देवी भद्रकाली की दाहिनी दोनों भुजायें वर–मुद्रा में हैं। यहां देवी महालक्ष्मी एवं देवी महासरस्वती की भव्य, मां वैष्णों देवी की सौम्य तथा आदिशक्ति मां की पिण्डी के रूप में मनमोहक मूर्तियां विराजमान हैं। इस भव्य मंदिर में प्रतिष्ठित शिवलिंग अत्यंत

अद्भुत है, जिसमें प्राकृतिक रूप से ललाट तिलक एवं सर्प की अनुभूति होती है। साथ ही यहां एक उत्कृष्ट कलात्मक चक्रव्यूह भी बना हुआ है। मंदिर के दक्षिण में एक अत्यंत सुंदर पावन तालाब भी स्थित है, जो इस मंदिर की शोभा में चार चांद लगा देता है, जबकि इसके उत्तर–पश्चिम किनारे पर स्थित सूर्य यंत्र और दक्षेश्वर महादेव मंदिर इसकी महत्ता कई गुना बढ़ा देते हैं। भक्तों के ठहरने के लिये यहां एक आधुनिक धर्मशाला भी स्थित है। मान्यता है कि इसी पावन शक्तिपीठ पर महाभारत युद्ध से पूर्व विजय की कामना के लिये पाण्डवों ने मां सावित्री के दिव्य स्वरूप भद्रकाली का पूजन किया था। कुछ जानकारों के अनुसार यहीं पर भगवान श्रीकृष्ण एवं भगवान बलराम का मुण्डन संस्कार भी हुआ था, हालांकि कुछ विद्वानों के अनुसार गुजरात राज्य के जूनागढ़ जनपद के वेरावल कस्बे में गिरनार पहाड़ी पर स्थित माता अम्बा मंदिर में भगवान श्रीकृष्ण एवं भगवान बलराम के मुण्डन संस्कार होने की बात भी कही जाती है। बड़े–बड़े सिद्ध महात्माओं एवं मुनियों ने यहां भगवती सावित्री की कृपा से ही अभीष्ट सिद्धियां प्राप्त की हैं। हर शनिवार तथा चैत्र एवं आश्विन नवरात्रि में यहां हजारों–लाखों श्रद्धालु एकत्र होकर मां सावित्री की पावन भक्ति में डूब जाते हैं।

एक नजर में:

- **कैसे पहुंचें?** दिल्ली एवं चण्डीगढ़ यहां के निकटतम हवाई–अड्डे हैं। कुरूक्षेत्र यहां का निकटतम रेलवे स्टेशन है, जो उत्तर भारत का एक प्रमुख रेलवे जंक्शन है। यह देश के सभी महत्वपूर्ण शहरों से रेल सेवा द्वारा जुड़ा हुआ है। यहां से गुजरने वाली रेलगाड़ियों में दिल्ली से चलने वाली शताब्दी एवं पुणे से चलने वाली झेलम एक्सप्रेस प्रमुख हैं। हरियाणा परिवहन निगम और अन्य पड़ोसी राज्यों की निगम बसों द्वारा कुरूक्षेत्र दिल्ली, चण्डीगढ़ और अन्य प्रमुख शहरों से अच्छी तरह जुड़ा हुआ है। कुरूक्षेत्र दिल्ली से लगभग 160 किमी0, चण्डीगढ़ से लगभग 90 किमी0, अम्बाला से लगभग 40 किमी0 तथा करनाल से लगभग 39 किमी0 दूर है, जहां के लिये वातानुकूलित एवं सामान्य बसें उपलब्ध हैं। कुरूक्षेत्र से थानेसर स्थित शक्तिपीठ स्थल टैक्सी द्वारा आप आसानी से पहुंच सकते हैं।
- **रहने योग्य स्थल:** कुरूक्षेत्र एवं थानेसर स्थित विभिन्न होटल, गेस्ट हाउस एवं धर्मशालायें इत्यादि।
- **अनुकूल मौसम:** वर्ष भर।

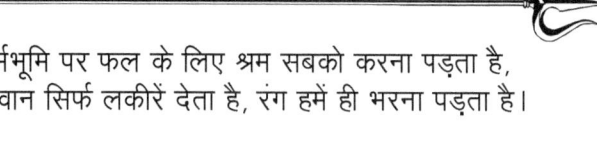

कर्मभूमि पर फल के लिए श्रम सबको करना पड़ता है,
भगवान सिर्फ लकीरें देता है, रंग हमें ही भरना पड़ता है।

(15) सर्वनंदकरी (पटनेश्वरी) देवी मगध शक्तिपीठ

- **स्थान**: जनपद–पटना, बिहार, भारत।
- **देवी सती का गिरा अंग या आभूषण**: दक्षिण जांघ।

भारत के बिहार राज्य (प्राचीन काल में मगध के नाम से प्रसिद्ध) की राजधानी पटना या पाटलिपुत्र में स्थित इस शक्तिपीठ के बारे में मान्यता है कि यहां देवी सती का दक्षिण जांघ या दायीं जांघ गिरी थी। देवी सती के गिरे अंग के स्थान पर निर्मित इस शक्तिपीठ की अधिष्ठात्री देवी को देवी सर्वनंदकरी या पटनेश्वरी के नाम से पूजा जाता है तथा देवी सती के साथ विराजमान भगवान शिव या भैरव भगवान व्योमकेश के रूप में पूजे जाते हैं। ***यह शक्तिपीठ स्थल बड़ी पाटन देवी मंदिर एवं छोटी पाटन देवी मंदिर के रूप में प्रसिद्ध है।*** गंगा नदी के दक्षिणी किनारे पर स्थित वर्तमान पटना शहर का नाम बड़ी पाटन देवी मंदिर तथा छोटी पाटन देवी मंदिर के नाम पर ही पड़ा है। बड़ी पाटन देवी मंदिर पटना जंक्शन रेलवे स्टेशन से लगभग 10 किमी0 दूर पूरब दिशा में महाराजगंज जबकि छोटी पाटन देवी मंदिर चौक नामक स्थान पर स्थित है। हिंदू पौराणिक मान्यतानुसार देवी सती की दाहिनी जांघ मगध में गिरी थी, जिसके संबंध में कहा जाता है कि देवी सती का यह अंग पटना शहर के महाराजगंज और चौक नामक स्थान पर गिरा था, जिसके कारण पटना शहर के महाराजगंज नामक स्थान में बड़ी पाटन देवी जबकि चौक नामक स्थान में छोटी पाटन देवी मंदिर का निर्माण हुआ। तंत्र चारूमणि के अनुसार पटना की बड़ी पाटन देवी मंदिर में देवी महाकाली, देवी महालक्ष्मी एवं देवी महासरस्वती की प्रतीकात्मक मूर्तियां विराजमान हैं, जिन्होंने पाटलिपुत्र (पटना) के संस्थापक पुत्रक की रक्षा की थी। इस संबंध में बड़ी पाटन देवी मंदिर के निकट निर्मित कुण्ड में एक दिव्य पत्थर की मूर्ति होने की भी मान्यता है। यह मूर्ति मुख्य मंदिर के पूर्वी अलिंद (बरामदा) में स्थित है,

जिसकी नियमित रूप से पूजा–अर्चना होती है। बड़ी पाटन देवी मंदिर का मुख उत्तर दिशा की ओर है।

> ***"इस मंदिर की सभी मूर्तियां पत्थर से बनीं हैं, जो लगभग 7 फीट ऊँचे एक सिंहासन पर विराजमान हैं। सुबह 6 से रात 10 बजे तक यहां भक्त बड़ी पटनेश्वरी देवी का कभी भी दर्शन कर सकते हैं। मंगलवार के दिन यहां विशेष भीड़ लगी रहती है। मन्नत पूरी होने के बाद लोग यहां उपहार और साड़ियां चढ़ाते हैं। यहां देवी काली, देवी लक्ष्मी और देवी सरस्वती की काले पत्थर की मूर्तियां जबकि भगवान भैरव की खड़ी मुद्रा में दिव्य मूर्ति विराजमान है।"***

इस मंदिर के निकट ही चौक नामक स्थान पर छोटी पाटन देवी मंदिर भी स्थित है, जहां भक्त बड़ी संख्या में छोटी पटनेश्वरी देवी की आराधना कर मनचाही मुराद प्राप्त करते हैं।

एक नजर में:

- **कैसे पहुंचें?** पटना यहां का निकटतम हवाई–अड्डा है, जहां से दिल्ली, मुंबई, कोलकाता के लिये नियमित उड़ानें उपलब्ध हैं। यहां का निकटतम रेलवे स्टेशन पटना जंक्शन पूर्वोत्तर रेलवे का एक प्रमुख मण्डल है, जो कोलकाता, दिल्ली, वाराणसी एवं सिलीगुड़ी जैसे प्रमुख स्टेशनों से जुड़ा हुआ है। पटना में सड़क परिवहन सुविधा उत्कृष्ट है, जहां बोधगया, रांची, सिलीगुड़ी आदि शहरों से भलीप्रकार पहुंचा जा सकता है।
- **रहने योग्य स्थल**: पटना स्थित विभिन्न होटल, गेस्ट हाउस एवं टूरिस्ट लॉज इत्यादि।
- **अनुकूल मौसम**: वर्ष भर।

(16) त्रिपुरमालिनी देवी जालंधर शक्तिपीठ

- **स्थान**: जनपद–जालंधर, पंजाब, भारत।
- **देवी सती का गिरा अंग या आभूषण**: वाम स्तन।

यह शक्तिपीठ भारत के पंजाब राज्य के जालंधर शहर में स्थित है। यहां देवी सती के वाम स्तन (बायां स्तन) गिरने की मान्यता है। देवी सती के गिरे अंग के स्थान पर निर्मित इस शक्तिपीठ की अधिष्ठात्री देवी को देवी त्रिपुरमालिनी (देवी त्रिपुरनाशिनी) के रूप में पूजा जाता है तथा देवी सती के साथ विराजमान भगवान शिव या भैरव भगवान भीषण के नाम से पूजे जाते हैं।

> ***"देवी सती के 52 शक्तिपीठों में से एक यह शक्तिपीठ देवी तालाब मंदिर के नाम से विख्यात् है, जो देवी त्रिपुरमालिनी को समर्पित है। यह जालंधर का सबसे प्राचीन, भव्य, विशाल एवं सिद्ध मंदिर है, जिसके किनारों पर गर्भगृह के***

पिरैमिडनुमा शिखर स्वर्ण के आवरण से ढ़के हैं जबकि मुख्य तीर्थस्थल 200 वर्ष पुराने एक पवित्र तालाब द्वारा चारों ओर से घिरा हुआ है। वास्तव में यह कई सारे छोटे मंदिरों का एक विशाल मंदिर परिसर है, जिसके मध्य में मां दुर्गा (शेरावाली मां) मंदिर का दरबार सजा है।"

यहां के अन्य मंदिरों में मां काली मंदिर, सूर्य मंदिर, श्री अमरनाथ मंदिर का नमूना तथा अन्नपूर्णा बगीचा प्रमुख हैं। यहां हर वर्ष हरिबल्लभ संगीत सम्मेलन का आयोजन होता है, जो विगत् लगभग 125 वर्षो से निरंतर आयोजित किया जा रहा है। यह उत्तर भारतीय शास्त्रीय संगीत की सबसे बड़ी तथा प्राचीन प्रतियोगिता है, जिसमें देश भर के नामचीन कलाकार भाग लेते हैं। चैत्र एवं आश्विन नवरात्रि में यहां की भव्यता अपने चरम पर होती है।

एक नजर में:

- **कैसे पहुंचें?** चण्डीगढ़ यहां का निकटतम हवाई–अड्डा है, जो जालंधर से लगभग 160 किमी0 दूर स्थित है। दिल्ली–अमृतसर रेलवे मार्ग पर स्थित जालंधर स्टेशन देश के प्रमुख शहरों जैसे दिल्ली, कोलकाता, मुंबई, जम्मू एवं नागपुर से रेल सेवा द्वारा जुड़ा है। दिल्ली–अमृतसर राजमार्ग पर स्थित जालंधर दिल्ली से लगभग 350 किमी0 दूर स्थित है, जहां प्राइवेट के साथ ही पंजाब, हरियाणा, दिल्ली, हिमाचल प्रदेश, जम्मू–कश्मीर, राजस्थान तथा चण्डीगढ़ परिवहन निगम की बसें भी संचालित होती हैं।
- **रहने योग्य स्थल**: जालंधर स्थित विभिन्न होटल एवं गेस्ट हाउसेस इत्यादि।
- **अनुकूल मौसम**: वर्ष भर।

अन्य मान्यतानुसार:

देवी मंगलागौरी शक्तिपीठ: यह शक्तिपीठ भारत के बिहार राज्य के गया शहर में स्थित है हालांकि यहां देवी सती के वक्ष (छाती) गिरने की मान्यता है। देवी

मंगलागौरी शक्तिपीठ मंदिर देवी मंगलागौरी को समर्पित है, जिन्हें देवी सर्वमंगला के नाम से भी पूजा जाता है। देवी मंगलागौरी अति प्राचीन तीर्थस्थल गया के वैष्णव भक्तों की अधिष्ठात्री देवी हैं, जिन्हें दया की देवी के रूप में पूजा जाता है। ***उप–शक्तिपीठ*** के रूप में प्रसिद्ध यह शक्तिपीठ मंदिर एक पौराणिक तीर्थ माना जाता है। गया के अन्य प्रसिद्ध मंदिरों में विष्णुपद मंदिर, दक्षिणार्क मंदिर तथा प्रपितामहेश्वर मंदिर प्रमुख हैं, हालांकि गया की मंगलागौरी देवी मंदिर ही इनमें सबसे अधिक महत्वपूर्ण है, जिसकी अधिष्ठात्री देवी मंगलागौरी का उल्लेख पद्म पुराण, वायु पुराण, अग्नि पुराण एवं अन्य ग्रंथों के अतिरिक्त विभिन्न तांत्रिक रीतियों में भी मिलता है। देवी मंगलागौरी का वर्तमान मंदिर 1459 ईसा पुराना है। पूरब दिशा की ओर अभिमुख ईटों का बना यह एक छोटा मंदिर है, जो मंगलागौरी नामक एक पहाड़ी पर स्थित है। गर्भगृह में विराजमान देवी मंगलागौरी की प्रतिमा प्राचीन उत्कृष्ट स्थापत्य–कला का एक अद्भुत नमूना है। यहां एक छोटे कक्ष या मण्डप के सामने देवी मंगलागौरी का दिव्य मंदिर विराजमान है। मंदिर के आंगन में होम (हवन) करने के लिये एक पवित्र यज्ञशाला भी स्थित है, जहां भक्त देवी को हवन के माध्यम से पवित्र चढ़ावा अर्पित करते हैं। मंदिर परिसर में भगवान शिव, देवी महिषासुर–मर्दिनी दुर्गा तथा देवी दक्षिणाकाली के अन्य छोटे मंदिर भी विराजमान हैं। इनके अतिरिक्त गया में फालगु चण्डी, श्मशानाक्षी, मुण्डपृष्ठ, संकटा और कामाक्षा जैसी देवियों के प्राचीन मंदिर भी अत्यंत महत्वपूर्ण हैं।

एक नजर में:

- **कैसे पहुंचें?** गया यहां का निकटतम एयरपोर्ट है, जहां से दिल्ली, कोलकाता जैसे शहरों के लिये उड़ानें उपलब्ध हैं। गया एक प्रमुख रेलवे स्टेशन है, जो दिल्ली के साथ ही बड़े शहरों से रेल सेवा द्वारा अच्छी तरह जुड़ा है। गया ग्राण्ड टंक रोड (जी0 टी0 रोड) पर स्थित है, जो रांची, जमशेदपुर, हजारीबाग, कोलकाता, वाराणसी, इलाहाबाद, कानपुर, दिल्ली और अमृतसर जैसे शहरों से भलीप्रकार जुड़ा है।
- **रहने योग्य स्थल:** गया स्थित विभिन्न होटल, आश्रम, धर्मशालायें एवं गेस्ट हाउसेस इत्यादि।
- **अनुकूल मौसम:** वर्ष भर।

महान बनने की चाहत तो हर एक में है... पर पहले इंसान बनना लोग अक्सर भूल जाते हैं...

(17) ज्वालामुखी देवी शक्तीपीठ

- **स्थान**: जनपद–कांगड़ा (जिला–मुख्यालयः धर्मशाला), हिमाचल प्रदेश, भारत।
- **देवी सती का गिरा अंग या आभूषण**: जिह्वा (जीभ)।

भारत के प्रसिद्ध शक्तिपीठों में से एक यह शक्तिपीठ हिमाचल प्रदेश के कांगड़ा जनपद (जिला–मुख्यालय : धर्मशाला) के दक्षिण में स्थित है। यह शक्तिपीठ कांगड़ा जिले के मुख्यालय धर्मशाला से लगभग 56 किमी0 दूर स्थित है। यह पवित्र स्थल पंजाब के गुरदासपुर जनपद के मशहूर पठानकोट नामक स्थान से सड़क एवं रेलमार्ग द्वारा भलीप्रकार जुड़ा है। यह मंदिर देवी शक्ति के स्वरूप ज्वाला देवी को समर्पित है, जो प्रकाश की देवी के रूप में विख्यात् हैं। यह अद्‌भुत एवं पावन मंदिर धर्मशाला–शिमला रोड पर स्थित ज्वालामुखी रोड से लगभग 20 किमी0 दूर स्थित है। यहां देवी समी की जिह्वा (जीभ) गिरने की मान्यता है।

देवी सती के गिरे अंग के स्थान पर निर्मित इस शक्तिपीठ की अधिष्ठात्री देवी को देवी ज्वालामुखी (देवी सिद्धि या देवी अम्बिका) के नाम से पूजा जाता है तथा देवी सती के साथ विराजमान भगवान शिव या भैरव भगवान उन्मत्त भैरव (भगवान वटुकेश्वर) के रूप में पूजे जाते हैं। इस शक्तिपीठ मंदिर की अधिष्ठात्री देवी ज्वालामुखी अग्नि की दिव्य ज्वाला के रूप में प्राकृतिक रूप से प्रतिष्ठित हैं, इसी कारण यह शक्तिपीठ मंदिर ज्वालामुखी देवी मंदिर के नाम से जाना जाता है। यह अत्यंत आश्चर्य की बात है कि बिना किसी ईंधन के यहां 9 ज्वालाओं की अमर ज्योति निरंतर प्रज्जवलित हो रही है। प्राचीन काल में बहुत सारे लोगों ने निरंतर जलने वाली इन 9 अमर ज्वालाओं का रहस्य खोजने का हालांकि भरसक प्रयास किया था, लेकिन इसका कारण पता लगा पाने में पूरी तरह से विफल रहे थे।

इस मंदिर में तांबे की बनी एक नली है, जिससे प्राकृतिक गैस निरंतर निकलती रहती है। वास्तव में ज्वलनशील गैस से युक्त इस प्राकृतिक गैस प्रवाह के कारण ही यहां 9 अमर ज्वालायें निरंतर प्रज्जवलित होती रहती हैं, हालांकि इसके मूल स्त्रोत का रहस्य आज भी कायम है। इस मंदिर में देवी की कोई मूर्ति नहीं है, क्योंकि देवी के बारे में मान्यता है कि, ये स्वयं ज्वालाओं के रूप में विराजमान हैं। मंदिर में प्रज्जवलित 9 ज्वालाओं की दिव्य अमर ज्योति के नाम क्रमशः देवी महाकाली, देवी अन्नपूर्णा, देवी चण्डी, देवी हिंगलाज, देवी विंध यवासिनी, देवी महालक्ष्मी, देवी महासरस्वती, देवी अम्बिका और देवी अंजनी हैं। साथ ही यहां एक गड्डे युक्त सतह पर बहुत सारी अन्य ज्वालायें भी एक साथ जलती रहती हैं, जिसकी पूजा–अर्चना भी श्रद्धालु अत्यंत भक्तिभाव से करते हैं। ज्वालामुखी मंदिर को राजा भूमिचंद कटोच ने बनवाया है। लकड़ी के चबूतरे पर बना यह मंदिर भारतीय–सिख वास्तुकला शैली का एक उत्कृष्ट नमूना है। इसकी वास्तुकला सरल लेकिन धार्मिक दृष्टि से अत्यंत महत्वपूर्ण है। मंदिर की मीनार एवं गुंबद स्वर्णजड़ित हैं, जबकि मुख्य द्वार पर चांदी का आवरण चढ़ा है। मुख्य स्थल के ठीक सामने एक पीतल का विशाल घण्टा लगा है, जिसे नेपाल के राजा ने चढ़ावे के रूप में दिया था। सामान्यतया यहां देवी ज्वालामुखी को दुग्ध–पदार्थों (विशेष रूप से राबड़ी या रबड़ी) का भोग या प्रसाद चढ़ाया जाता है। निश्चित समयान्तराल के बाद होने वाली विशेष आरती यहां का एक प्रमुख आकर्षण है। मंदिर परिसर में अन्य छोटे मंदिर भी बने हैं, जिनमें गोरखडिब्बी तथा चतुर्भुज मंदिर प्रमुख हैं। चैत्र और आश्विन मास के नवरात्रि में यहां श्रद्धालुओं का हुजूम सहज ही उमड़ पड़ता है। प्रारंभ में इस शक्तिपीठ मंदिर का रखरखाव राजा भूमिचंद कटोच के वंशज किया करते थे, हालांकि स्वतंत्रता प्राप्ति के बाद देश का सांस्कृतिक धरोहर घोषित हो चुके इस अद्‌भुत मंदिर का रखरखाव और प्रबंधन अब सरकार के हाथों में है। यही कारण है कि इस दिव्य मंदिर में कार्यरत् लगभग 102 से भी अधिक पुजारियों का खर्च स्वयं सरकार वहन करती है। इस मंदिर के महात्म्य को लेकर ऐसी जनश्रुति है कि एक बार सम्राट अकबर ने मंदिर की दिव्य ज्वालाओं को जल की धारा से बुझाने का प्रयास किया था, लेकिन ये दिव्य ज्वालायें सतत् जलती रहीं। देवी ज्वालामुखी की दिव्य शक्ति देखकर अकबर ने यहां एक स्वर्ण छत्र चढ़ाया लेकिन स्वर्ण का यह छत्र पल भर में ही किसी मूल्यहीन धातु में बदल गया। यह इस बात का प्रतीक था कि देवी ज्वालामुखी ने अकबर का यह चढ़ावा स्वीकार नहीं किया। ऐसी और भी अनगिनत कहानियां और मान्यतायें इस शक्तिपीठ के महात्म्य से जुड़ी हुई हैं, जो इस चमत्कारिक शक्तिपीठ की दिव्य शक्ति की परिचायक हैं।

एक नजर में:

- **कैसे पहुंचें?**: धर्मशाला शहर से लगभग 200 किमी0 दूर स्थित अमृतसर यहां का निकटतम प्रमुख हवाई–अड्डा है, हालांकि धर्मशाला में भी हवाई–अड्डा है, जहां कुछ घरेलू उड़ानें संचालित होती हैं। धर्मशाला शहर से लगभग 90 किमी0 दूर

पंजाब राज्य के गुरदासपुर जनपद में स्थित पठानकोट यहां का निकटतम प्रमुख रेलवे स्टेशन है, जो देश के सभी प्रमुख शहरों से जुड़ा हुआ है। वहीं पठानकोट से पालमपुर के मध्य चलने वाली कांगड़ा क्वीन जैसी लग्जरी टेन का ज्वालामुखी स्टेशन पर भी ठहराव होता है। पठानकोट यहां का निकटतम प्रमुख बस टर्मिनल है, जहां से पूरे देश के प्रमुख शहरों के लिये बस सुविधा बड़े पैमाने पर उपलब्ध है। साथ ही कांगड़ा (30 किमी0), धर्मशाला (56 किमी0), चण्डीगढ़ (239 किमी0), अमृतसर (200 किमी0), दिल्ली (514 किमी0), शिमला (322 किमी0), डलहौजी (55 किमी0) से भी देवी ज्वालामुखी शक्तिपीठ मंदिर के लिये बसें आसानी से मिल जाती हैं।

- **रहने योग्य स्थल**: कांगड़ा, धर्मशाला एवं ज्वालामुखी स्थित विभिन्न आश्रम, मठ, धर्मशालायें, होटल, गेस्ट हाउस एवं टूरिस्ट लॉज इत्यादि।
- **अनुकूल मौसम**: मार्च से जून।

(18) महामाया देवी अमरनाथ शक्तिपीठ

- **स्थान**: अमरनाथ गुफा, पहलगाम, जनपद– अनंतनाग, जम्मू–कश्मीर, भारत।
- **देवी सती का गिरा अंग या आभूषण**: गला (कंठ)।

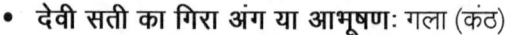

यह शक्तिपीठ भारत के जम्मू–कश्मीर राज्य के अनंतनाग जनपद के पहलगाम कस्बे से थोड़ी दूर प्रसिद्ध अमरनाथ गुफा में स्थित है। विश्वप्रसिद्ध अमरनाथ गुफा तीर्थस्थल का प्रवेश–द्वार कहलाने वाले पहलगाम से इस शक्तिपीठ स्थल तक पहुंचने वाला मार्ग दुर्गम परन्तु अत्यंत मनोहारी है। यहां देवी सती का गला (कंठ) गिरने की मान्यता है। देवी सती के

गिरे अंग के स्थान पर निर्मित इस अति प्राचीन शक्तिपीठ की अधिष्ठात्री देवी को देवी महामाया के नाम से पूजा जाता है तथा देवी के साथ विराजमान भगवान शिव या भैरव भगवान त्रिसांध्येश्वर के रूप में पूजे जाते हैं।

"देवी महामाया को समर्पित यह शक्तिपीठ, प्रसिद्ध अमरनाथ मंदिर में निर्मित भगवान अमरनाथ के प्रतीक हिम शिवलिंग के समीप स्थित माना जाता है। महामाया देवी अमरनाथ शक्तिपीठ से जुड़े अमरनाथ गुफा की खोज और प्रसिद्धि के संबंध में कई जनश्रुतियां महत्वपूर्ण हैं। भगवान शिव द्वारा देवी पार्वती को अमरत्व का रहस्य सुनाने के कारण भी पवित्र अमरनाथ गुफा का विशेष महत्व है। यह हिंदुओं के पवित्र तीर्थस्थलों में से एक है, जहां भगवान शिव का निवास-स्थल होने की मान्यता है।"

यहां भगवान अमरनाथ की हिम शिवलिंग के रूप में आराधना होती है, जबकि भगवान अमरनाथ के समीप बनी हिम रचना की देवी महामाया के रूप में आराधना होती है। यह पवित्र गुफा लगभग 3888 मी0 की ऊँचाई पर एक तंग घाटी मार्ग में स्थित है, जो श्रीनगर से लगभग 141 किमी0 तथा पहलगाम से लगभग 46 किमी0 दूर स्थित है। श्रीनगर से लगभग 96 किमी0 दूर स्थित पहलगाम कस्बा प्रसिद्ध अमरनाथ यात्रा का एक महत्वपूर्ण आधार-शिविर है। पवित्र अमरनाथ गुफा की प्रसिद्धि के संबंध में अमर-कथा प्रसंग से संबंधित एक पौराणिक कथा की विशेष मान्यता है। यह कथा इस प्रकार है कि भगवान शिव अमरत्व की कथा (अमर-कथा) देवी पार्वती को एक निर्जन स्थान पर सुनाना चाहते थे, जहां प्राणि-मात्र का नामोनिशान तक न हो। इसके लिये उन्होंने अमरनाथ गुफा का ही चुनाव किया। परन्तु अमरनाथ गुफा में प्रवेश करने से पूर्व भगवान शिव ने अपने प्रिया वाहन नंदी (वृषभ) को पहलगाम, अपने माथे पर सुशोभित चंद्रदेव को चंदनवाड़ी और शरीर पर धारण किये हुये सर्पों को शेषनाग झील जबकि पुत्र गणेश को महागुण पर्वत और जीवन के पांचों अवयवों– पृथ्वी, जल, वायु, अग्नि और आकाश को पंचतरणी नामक स्थान पर छोड़ दिया। बाद में भगवान शिव ने अपने रूद्र अवतार कालाग्नि की रचना कर उन्हें पवित्र गुफा अमरनाथ के आस–पास की हर जीवित वस्तु को नष्ट करने का आदेश दिया और स्वयं देवी पार्वती के साथ अमरनाथ गुफा में प्रवेश कर गये। यहां भगवान शिव एवं देवी पार्वती ने मृगछाला पर बैठकर तपस्या किया। इसके बाद भगवान शिव ने देवी पार्वती को अमर-कथा सुनाई। इस पवित्र गुफा में फाख्ता चिड़िया का जोड़ा भी भगवान शिव एवं देवी पार्वती का अमरत्व से संबंधित यह दिव्य वार्तालाप सुन रहा था। बाद में इसी पक्षी युगल ने इस पवित्र गुफा को ही अपना निवास-स्थान बना लिया। मान्यता है कि अमरनाथ गुफा की धार्मिक यात्रा में आज भी इस दिव्य पक्षी युगल के दर्शन का सौभाग्य श्रद्धालुओं को प्रायः

मिल जाता है। जानकारों के अनुसार इस पवित्र गुफा को खोजने का श्रेय बूटा मलिक नामक एक गड़रिये (गुज्जर) को जाता है। इस संबंध में एक कथा इस प्रकार है। एक बार किसी संत ने बूटा मलिक को कोयले से भरा एक थैला दिया। घर पहुंचने पर बूटा मलिक ने जैसे ही वह थैला खोला, तो इसमें कोयले के स्थान पर स्वर्ण के सिक्के देखकर वह आश्चर्य से भर उठा। इस संबंध में जब वह उस संत से मिलने पहुंचा, तो संत के स्थान पर उसे वहां एक गुफा और एक दिव्य शिवलिंग दिखा। उसने इस गुफा और शिवलिंग के बारे में अपने गांव के लोगों को बताया। कालांतर में यही गुफा अमरनाथ के नाम से प्रसिद्ध हुई। यहां भगवान शिव को समर्पित बेलनाकार स्वरूप में बर्फ का बना शिवलिंग पूर्णिमा के दिन अपना पूर्ण आकार ग्रहण करता है। मान्यतानुसार सबसे बड़ी हिम–रचना भगवान शिव का प्रतीक मानी जाती है, जबकि इसके बायीं ओर बनी हिम–रचना भगवान गणेश तथा दायीं ओर बनी रचनायें देवी पार्वती तथा भगवान भैरव का प्रतीक मानी जाती हैं। सावन के महीने में यहां का धार्मिक उल्लास अपने चरम पर होता है।

एक नजर में:

* **कैसे पहुंचें?** जम्मू–कश्मीर की ग्रीष्मकालीन राजधानी श्रीनगर यहां का निकटतम हवाई–अड्डा है, जहां से दिल्ली एवं जम्मू–कश्मीर की शीतकालीन राजधानी जम्मू के लिये रोजाना तथा चण्डीगढ़ एवं अमृतसर के लिये साप्ताहिक उड़ानें उपलब्ध हैं। जम्मू जंक्शन यहां का निकटतम प्रमुख रेलवे स्टेशन है, जो देश के सभी महत्वपूर्ण शहरों से उत्कृष्ट रेल सेवा द्वारा जुड़ा है। अमरनाथ के लिये वर्ष में एक बार विशेष यात्रा का आयोजन होता है, जिसमें पहलगाम या बालटाल यहां के प्रमुख आधार–शिविर होते हैं, जहां श्रीनगर, जम्मू, दिल्ली, चण्डीगढ़, पठानकोट इत्यादि शहरों से बस या प्राइवेट टैक्सी से पहुंच कर अमरनाथ शक्तिपीठ स्थल पैदल या टट्टुओं द्वारा जत्थे के रूप में यात्रा पंजीकरण के बाद पहुंचा जा सकता है।

* **रहने योग्य स्थल:** अमरनाथ यात्रा के विभिन्न पड़ावों में बने आधार–शिविर।

* **अनुकूल मौसम:** गर्मियों में सावन माह।

* **आवश्यक वस्त्र:** ऊनी या गर्म कपड़े।

यदि कोई भी किसी भी देवता की पूजा, विश्वास के साथ करने की इच्छा रखता है, मैं उसका विश्वास उसी देवता में दृढ़ कर देता हूँ।

(19) पंचसागर शक्तिपीठ

- **स्थान**: इस शक्तिपीठ के मूल स्थान के संबंध में व्यापक मतभेद है।
- **देवी सती का गिरा अंग या आभूषण**: अधो दंत पंक्ति वाला हिस्सा (निचला जबड़ा)।

कुछ मान्यताओं के अनुसार भारत के उत्तराखण्ड राज्य के हरिद्वार शहर के आस–पास का क्षेत्र पंचसागर शक्तिपीठ माना जाता है, हालांकि यहां स्थित माया देवी मंदिर में देवी सती के हृदय एवं नाभि गिरने की मान्यता है। माया देवी के शहर हरिद्वार से थोड़ी दूर उत्तर प्रदेश राज्य के सहारनपुर जनपद में स्थित मां शाकम्भरी देवी मंदिर को भी स्थानीय लोगों द्वारा एक शक्तिपीठ के रूप में पूजा जाता है, हालांकि यहां देवी सती के गिरे अंग या आभूषण के संबंध में कोई प्रामाणिक साक्ष्य उपलब्ध नहीं है।

"भारत के महाराष्ट्र राज्य के नांदेड़ जनपद में महुरगढ़ (महुर) नामक स्थान पर स्थित एकवेणिका देवी महुर शक्तिपीठ पंचसागर शक्तिपीठ माना जाता है, हालांकि यहां देवी सती का दाहिना हाथ गिरने की मान्यता है। पवित्र पंचसागर क्षेत्र में देवी सती की अधो दंत पंक्ति वाला हिस्सा (निचला जबड़ा) गिरने की मान्यता है।"

देवी सती के गिरे अंग के स्थान पर निर्मित इस शक्तिपीठ की अधिष्ठात्री देवी को देवी वराही के नाम से तथा देवी सती के साथ विराजमान भगवान शिव या भैरव को भगवान महारूद्र के रूप में पूजे जाने की व्यापक मान्यता है।

(20) रामगिरि (राजगिरि) शक्तिपीठ

- **स्थान**: जनपद–चित्रकूट, मंडल–चित्रकूटधाम (मंडल–मुख्यालयः बांदा), उत्तर प्रदेश, भारत।
- **देवी सती का गिरा अंग या आभूषण**: दक्षिण स्तन।

यह शक्तिपीठ भारत के उत्तर प्रदेश राज्य के चित्रकूटधाम मंडल (मंडल–मुख्यालयः बांदा) के अंतर्गत् चित्रकूट जनपद में मंदाकिनी (पयस्विनी) नदी के किनारे रामगिरि (राजगिरि) पर्वत जिसे चित्रकूट गिरि (कामद गिरि) भी कहा जाता है, पर स्थित है। यह प्राचीन धार्मिक नगर उत्तर प्रदेश तथा मध्य प्रदेश की सीमा पर अवस्थित है, जो एक अत्यंत रमणीक पर्यटन–स्थल है। यहां देवी सती के दक्षिण स्तन या दायां स्तन गिरने की मान्यता है। देवी सती के गिरे अंग के स्थान पर निर्मित इस शक्तिपीठ की अधिष्ठात्री देवी को देवी शिवानी के नाम से तथा देवी सती के साथ विराजमान भगवान शिव या भैरव को भगवान चंड के रूप में पूजे जाने की मान्यता है। विविध आश्चर्यों का पहाड़ी–स्थल चित्रकूट वास्तव में प्रकृति एवं ईश्वर की देने है। पवित्र पयस्विनी (मंदाकिनी) नदी के किनारे बसा चित्रकूट विंध्य पर्वत के उच्च भूमि क्षेत्रा पर स्थित एक नीरव तथा आकर्षक शहर है। कर्वी कस्बे के दक्षिण से महज 6 किमी0 दूर तथा बांदा जिले के दक्षिण–पूरब से लगभग 72 किमी0 दूर स्थित यह धार्मिक शहर भारत के सबसे प्राचीन तीर्थस्थलों में से एक है।

"यह वह पवित्र भूमि है, जहां भगवान श्रीराम ने अपनी पत्नी सीता तथा भाई लक्ष्मण के साथ अपने वनवास के 14 वर्षों में से 11 वर्ष यहीं व्यतीत किये थे। साथ ही चित्रकूट अत्रि मुनि और सती अनुसूया की पावन–स्थली के रूप में भी प्रसिद्ध है। चित्रकूट की पावन धरती पर ही रामचरितमानस जैसी अमर कृति लिखने वाले गोस्वामी तुलसीदास ने कई वर्ष यहीं व्यतीत किये थे। विभिन्न मंदिरों,

तीर्थस्थलों तथा शांति एवं नीरवता से युक्त प्रकृति की सुंदरता के बीच गीत गाते पक्षियों एवं कल–कल करतीं जलधाराओं का मधुर संगीत चित्रकूट को एक अद्‌भुत स्थान की गरिमा प्रदान करता है।"

समुद्र–तल से लगभग 207 मी0 की ऊंचाई पर स्थित चित्रकूट का आधा हिस्सा उत्तर प्रदेश तथा आधा हिस्सा मध्य प्रदेश राज्य में पड़ता है, जहां देवी सती का दिव्य रामगिरि शक्तिपीठ कामदगिरि पहाड़ पर स्थित माना जाता है। यहां विविध धार्मिक संस्कारों की आभा निरंतर दिखाई पड़ती रहती है। कामदगिरि को ही मूल चित्रकूट माना जाता है, जहां भरत मिलाप जैसा दर्शनीय मंदिर भी स्थित है। चित्रकूट के अन्य दर्शनीय स्थलों में स्फटिक शिला, हनुमान धारा, रामघाट, जानकी कुण्ड तथा इसके आस–पास के अन्य प्रमुख स्थलों में गुप्त गोदावरी, भरत कूप, सती अनसूया धाम, राजापुर, गणेशबाग, कालिंजर, सीतापुर और मारफा महत्वपूर्ण हैं।

एक नजर में:

- **कैसे पहुंचें?** चित्रकूट जनपद से लगभग 175 किमी0 दूर स्थित खजुराहो यहां का निकटतम हवाई–अड्डा है। झांसी–मानिकपुर रेलखण्ड पर स्थित चित्रकूटधाम स्टेशन देश के सभी प्रमुख शहरों से रेल सेवा द्वारा जुड़ा है। इलाहाबाद से चलने वाली तुलसी एक्सप्रेस, ग्वालियर से चलने वाली बुंदेलखण्ड एक्सप्रेस एवं चम्बल एक्सप्रेस, दिल्ली के निजामुद्दीन स्टेशन से चलने वाली महाकोशल एक्सप्रेस, जबलपुर से चलने वाली चित्रकूट एक्सप्रेस तथा कानपुर से चलने वाली बेतवा एक्सप्रेस इत्यादि रेलगाड़ियों का चित्रकूटधाम स्टेशन पर भी ठहराव होता है।
- **सड़कमार्ग**: चित्रकूट से लगभग 8 किमी0 दूर स्थित कर्वी यहां का प्रमुख बस स्टैण्ड है, जहां से इलाहाबाद, झांसी, सतना, महोबा, छतरपुर एवं कानपुर के लिये रोजाना बसें संचालित होती हैं।
- **रहने योग्य स्थल**: चित्रकूट स्थित विभिन्न होटल, आश्रम, धर्मशालायें, गेस्ट हाउस तथा टूरिस्ट लॉज इत्यादि।
- **अनुकूल मौसम**: वर्ष भर।

अन्य मान्यतानुसार:

- **देवी मंगलागौरी शक्तिपीठ**: (इसका वर्णन पूर्व पृष्ठों में उल्लिखित है)

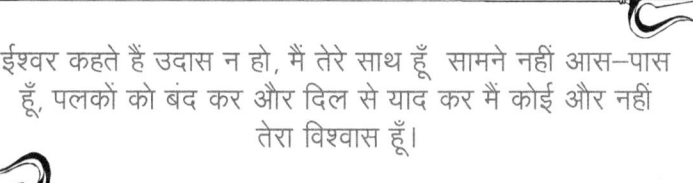

ईश्वर कहते हैं उदास न हो, मैं तेरे साथ हूँ सामने नहीं आस–पास हूँ, पलकों को बंद कर और दिल से याद कर मैं कोई और नहीं तेरा विश्वास हूँ।

(21) कात्यायनी (उमा) देवी शक्तिपीठ

- **स्थान:** वृंदावन, जनपद–मथुरा, उत्तर प्रदेश, भारत।
- **देवी सती का गिरा अंग या आभूषण:** केश।

यह शक्तिपीठ भारत के उत्तर प्रदेश राज्य के प्रसिद्ध धार्मिक नगर मथुरा के वृंदावन कस्बे में भूतेश्वर रोड पर केशव आश्रम के पीठास्थान में स्थित है। यहां देवी सती के केश गिरने की मान्यता है। देवी के गिरे अंग के स्थान पर निर्मित इस शक्तिपीठ की अधिष्ठात्री राष्ट्रीयदेवी को कात्यायनी (उमा) देवी के नाम से पूजा जाता है तथा देवी सती के साथ विराजमान भगवान शिव या भैरव भगवान भूतेश (भगवान कृष्णनाथ) के रूप में पूजे जाते हैं। कात्यायनी देवी मंदिर की अधिष्ठात्री देवी कात्यायनी की अष्टधातु की प्रतिमा यहां का खास आकर्षण है, जो देवी दुर्गा का ही एक अन्य स्वरूप हैं। देवी कात्यायनी की प्रतिमा के अतिरिक्त यहां भगवान शिव,सूर्य, गणेश और जगतधात्री देवी की अन्य मूर्तियां भी शोभायमान हैं। साथ ही आश्रम में गुरू मंदिर, सरस्वती मंदिर, आदि गुरू शंकराचार्य मंदिर तथा लिंगराज मंदिर भी सुशोभित हैं। आर्यशास्त्र आद्य स्त्रोत में उल्लिखित है– बृजय कात्यायनी परा अर्थात् बृज में वृंदावन स्थित है, जिसकी अधिष्ठात्री देवी हैं मां कात्यायनी। मान्यतानुसार वृंदावन की गोपियों ने भगवान श्रीकृष्ण को अपने पति के रूप में पाने के लिये यमुना नदी के किनारे पीठास्थान पर ही देवी कात्यायनी की आराधना की थी। देवी कात्यायनी की कृपा से ही इन गोपियों ने परम–भक्ति की पराकाष्ठा को छू कर दिव्य महारास में शामिल होने का वरदान प्राप्त किया था। वृंदावन के पीठास्थान पर स्थित कात्यायनी मंदिर सन् 1923 में माघ महीने की पूर्णिमा के दिन धार्मिक संस्कारों के लिये खोला गया था।

"मान्यता है कि देवी सती के केश (कात्य) बृज (ब्रज) क्षेत्र स्थित केशीघाट पर गिरा था, जो कात्यायनी पीठ के रूप में प्रसिद्ध है। स्थानीय लोगों का अटूट

विश्वास है कि देवी कात्यायनी का व्रत करने से युवतियों को मनचाहा पति प्राप्त होने का वर मिलता है। कात्यायनी नामक यह व्रत एक महीने तक चलता है, जिसमें मां कात्यायनी को चंदन, पुष्प और सुगंधित द्रव्य का चढ़ावा अर्पित किया जाता है। देवी कात्यायनी मंदिर में प्रतिष्ठित देवी दुर्गा की भव्य प्रतिमा भक्तों को मंत्र–मुग्ध कर देती है। इसे देखने के बाद व्यक्ति सम्मोहित हो जाता है।"

नवरात्रि एवं श्रीकृष्णजन्माष्टमी तथा राधाष्टमी के अवसर पर यहां भक्तों का धार्मिक उल्लास देखते ही बनता है।

एक नजर में:

- **कैसे पहुंचें?**: आगरा का खेरिया एयरपोर्ट यहां का निकटतम हवाई–अड्डा है, जहां से घरेलू उड़ानें संचालित होती हैं, जबकि वृंदावन से लगभग 150 किमी0 दूर स्थित नई दिल्ली यहां का निकटतम अंतर्राष्ट्रीय एयरपोर्ट है। वृंदावन से लगभग 15 किमी0 दूर स्थित मथुरा जंक्शन यहां का निकटतम प्रमुख रेलवे स्टेशन है। मथुरा मध्य एवं पश्चिम रेलवे के बीच का एक महत्वपूर्ण स्टेशन है, जो देश के प्रमुख नगरों जैसे दिल्ली, आगरा, मुंबई, जयपुर, ग्वालियर, लखनऊ, कानपुर एवं कोलकाता से जुड़ा हुआ है। वैसे वृंदावन एवं मथुरा के बीच भी पैसेंजर टेन गुजरती है। वृंदावन के समीप बसा मथुरा शहर दिल्ली से आगरा के बीच राष्ट्रीय राजमार्ग–2 (जी0 टी0 रोड) से जुड़ा है, जहां से देश के बड़े–बड़े नगरों जैसे दिल्ली, जयपुर, आगरा और कानपुर के लिये सीधी बस सेवा उपलब्ध है। मथुरा से बस या टैक्सी द्वारा वृंदावन आसानी से पहुंचा जा सकता है, हालांकि वृंदावन शहर के लिये भी विभिन्न नगरों से बड़े पैमाने पर प्राइवेट बसें संचालित होती हैं।
- **रहने योग्य स्थल**: मथुरा एवं वृंदावन स्थित विभिन्न होटल, आश्रम, मठ, धर्मशालायें, गेस्ट हाउस एवं टूरिस्ट लॉज।
- **अनुकूल मौसम**: वर्ष भर विशेष कर अक्टूबर–नवम्बर माह में कात्यायनी पूजा, श्रीकृष्णजन्माष्टमी एवं होली के समय।

अन्य मान्यतानुसार:

- **चामुण्डेश्वरी देवी शक्तिपीठ**: यह शक्तिपीठ भारत के कर्नाटक राज्य के मैसूर शहर में स्थित है, जिसे कुछ जानकार अति प्राचीन ***कारनात या कर्नाट (कर्नाटक) शक्तिपीठ*** (मूल स्थान के संबंध में मतभेद) भी मानते हैं, जहां देवी सती के दोनों कान गिरने की मान्यता है। मैसूर शहर की अधिष्ठात्री देवी चामुण्डेश्वरी (चामुण्डी) का प्रसिद्ध चामुण्डेश्वरी (चामुण्डी) देवी मंदिर चामुण्डी नामक पहाड़ी के शिखर पर स्थित है। प्रारंभ में यह मंदिर छोटा था, लेकिन मैसूर के राजाओं के संरक्षण में कई शताब्दियों बाद आज यह एक विशाल मंदिर के रूप में विराजमान है। पूर्व में

इस मंदिर पर नियमित रूप से बलि परंपरा का प्रचलन था, लेकिन 18वीं शताब्दी में यह प्रथा समाप्त हो गई। यह चतुर्भुजीय संरचना वाला मंदिर है, जिसके प्रवेश–द्वार पर निर्मित गोपुरम (पिरैमिडनुमा मीनार) पर द्रविड़ शैली में बारीक नक्काशी की गई है, जबकि दरवाजे वाली जगह पर विघ्नहर्ता भगवान गणेश की एक छोटी प्रतिमा सुशोभित है। दरवाजे वाली जगह पर चांदी का आवरण अलंकृत है, जहां विभिन्न देवियों की भिन्न–भिन्न स्वरूप वाली मूर्तियां प्रतिस्थापित हैं। मुख्य प्रवेश–द्वार में प्रवेश करते ही इसके दाहिनीं ओर सुशोभित भगवान गणेश की मूर्ति का दर्शन होता है। इसके बाद कुछ सीढ़ियां चढ़ते ही देवी चामुण्डेश्वरी की ओर मुख किये हुये नंदी की एक छोटी मूर्ति तथा देवी चामुण्डेश्वरी के पद्चिह्न एवं विजय–ध्वज दिखायी देते हैं। गर्भ–गृह में देवी चामुण्डेश्वरी की पत्थर की बनी प्रतिमा विराजमान है, जो प्रत्येक दिनभव्य तरीके से सजाई जाती है। मैसूर के राजाओं ने अपनी कुल देवी चामुण्डेश्वरी के इस पवित्र मंदिर को भव्यता प्रदान करने में कोई कसर नहीं छोड़ी है। गर्भ–गृह के सामने बने कक्ष में महाराजा कृष्णराज वाडेयर तृतीय की 6 फीट लंबी एक सुंदर प्रतिमा भी शोभायमान है। महाराजा कृष्णराज वाडेयर ने ही सन् 1827 में इस मंदिर का जीर्णोद्धार कराया था। उन्होंने सिंहवाहन नाम से प्रसिद्ध लकड़ी का बना एक विशाल रथ चामुण्डी देवी मंदिर को उपहार–स्वरूप दिया था, जिसका प्रयोग रथोत्सव या कार उत्सव में किया जाता है। मंदिर के गर्भ–गृह के शिखर पर एक छोटी मीनार सुशोभित है, जिसे विमान कहा जाता है। इसकी झलक दूर तक दिखाई पड़ती है। यहां 10 दिनों तक चलने वाले दशहरा उत्सव में देवी चामुण्डेश्वरी की विशेष पूजा–अर्चना होती है। दशहरा के बाद होने वाला यहां का रथोत्सव या कार उत्सव बड़े ही धूमधाम के साथ मनाया जाता है, जिसमें लाखों श्रद्धालु उत्साह के साथ भाग लेते हैं।

एक नजर में:

- **कैसे पहुंचें?**: मैसूर शहर से लगभग 139 किमी0 दूर स्थित बेंगलूर यहां का निकटतम हवाई–अड्डा है। मैसूर स्टेशन यहां का निकटतम रेलवे स्टेशन है, जो बेंगलूर के साथ ही दक्षिणी भारत के प्रमुख शहरों से उत्कृष्ट रेल सेवा द्वारा जुड़ा है। यहां सड़क यातायात साधनों की अच्छी सुविधा है। उत्कृष्ट सड़कों से होते हुये भारत के सभी प्रमुख शहरों से यहां आसानी से पहुंचा जा सकता है।
- **रहने योग्य स्थल**: मैसूर स्थित विभिन्न होटल, गेस्ट हाउस एवं टूरिस्ट लॉज।
- **अनुकूल मौसम**: वर्ष भर विशेष कर दशहरे के समय।

(22) विशालाक्षी देवी काशी शक्तिपीठ

- **स्थान**: मणिकर्णिका घाट, जनपद–वाराणसी, उत्तर प्रदेश, भारत।
- **देवी सती का गिरा अंग या आभूषण**: कर्ण कुण्डल।

यह शक्तिपीठ भारत के उत्तर प्रदेश राज्य में विश्व की प्राचीनतम नगरी काशी (वर्तमान में वाराणसी जनपद) के प्रसिद्ध मणिकर्णिका घाट पर पवित्र गंगा नदी के किनारे स्थित है। यहां देवी सती के कर्ण कुण्डल (कान के कुण्डल) गिरने की मान्यता है।

"देवी सती के गिरे आभूषण के स्थान पर निर्मित इस शक्तिपीठ की अधिष्ठात्री देवी को देवी विशालाक्षी (देवी मणिकर्णी) के रूप मं पूजा जाता है तथा देवी सती के साथ विराजमान भगवान शिव या भैरव भगवान कालभैरव के रूप में पूजे जाते हैं। मणिकर्णिका घाट वाराणसी का सबसे महत्वपूर्ण श्मशान घाट है, जो यहां का सबसे प्राचीन एवं सबसे पवित्र घाट माना जाता है। हिंदू पौराणिक मान्यता है कि जिस व्यक्ति का यहां दाह–संस्कार हो जाये, उसे जन्म एवं मृत्यु चक्र से मुक्ति मिल जाती है। यह घाट पंचतीर्थो का केंद्र माना जाता है। मणिकर्णिका घाट की न केवल हिंदू पौराणिक प्रसिद्धि है, वरन् यह जीवन एवं मृत्यु दर्शन से युक्त एक दिव्य विचारधारा आत्मसात् करवाने की दृष्टि से भी अत्यंत महत्वपूर्ण है।"

वास्तव में यह एक श्मशान घाट है। सामान्यतया श्मशान घाट शहर से बाहर स्थित होते हैं लेकिन मणिकर्णिका घाट की खास बात यह है कि यह शहर के लगभग मध्य में स्थित है। वैसे भी पूरा वाराणसी शहर ही महान श्मशान भूमि के रूप में प्रसिद्ध है, जो

भगवान भूतनाथ अर्थात् भगवान शिव का परम–प्रिय स्थल है। मणिकर्णिका घाट दाह संस्कार करने वाले लोगों से भरा होता है। मणिकर्णिका घाट की विशेष बात यह है कि यहां मृत्यु एवं जीवन के सम्यक् संयोजन का दुर्लभ दर्शन मिलता है। यहां स्थित मणिकर्णिका कुण्ड के बारे में मान्यता है कि यह गंगा नदी से भी अधिक प्राचीन है, जिसे भगवान विष्णु ने निर्मित किया है। इसी पवित्र घाट पर स्थित है देवी विशालाक्षी काशी शक्तिपीठ मंदिर जो मणिकर्णी (मणिकर्णिका) या विशालाक्षी देवी को समर्पित है, जिन्हें देवी सती का ही एक अन्य स्वरूप माना जाता है। मणिकर्णिका का अर्थ है कान के कुण्डल, जो देवी मणिकर्णिका से संबंधित हैं। देवी मणिकर्णिका का पावन दर्शन करने के लिये यहां प्रत्येक वर्ष लाखों श्रद्धालु एकत्र होते हैं। यहां भगवान विष्णु को समर्पित एक छोटा स्थल भी है, जहां इनके पदचिह्न अंकित हैं। साथ ही यहीं पर स्थित तारकेश्वर शिवलिंग के प्रति भी लोगों में विशेष श्रद्धा है।

एक नजर में:

- **कैसे पहुंचें?**: वाराणसी शहर स्थित बाबतपुर हवाई–अड्डे से नियमित घरेलू उड़ानें देश के विभिन्न शहरों के लिये संचालित होती हैं। दिल्ली–आगरा–खजुराहो–वाराणसी वायुमार्ग पर्यटकों के बीच खासा लोकप्रिय है। वाराणसी शहर में 2 प्रमुख रेलवे स्टेशन हैं– काशी जंक्शन और वाराणसी जंक्शन (वाराणसी कैण्ट) जहां से पूरे भारत के लिये राजधानी सहित विभिन्न रेलगाड़ियां गुजरती एवं संचालित होती हैं। साथ ही वाराणसी शहर के दक्षिण से महज 10 किमी0 दूर स्थित मुगलसराय भी एक प्रमुख रेलवे स्टेशन है, जो देश के सभी प्रमुख स्टेशनों से जुड़ा है। गंगीय समतल मैदानी क्षेत्र में स्थित वाराणसी शहर में सड़कों का अच्छा तंत्र है। सरकारी एवं प्राइवेट बसों द्वारा यह उत्तर प्रदेश के सभी प्रमुख शहरों एवं कस्बों तथा आस–पास के प्रमुख क्षेत्रों से जुड़ा हुआ है।
- **रहने योग्य स्थल**: वाराणसी स्थित विभिन्न सरकारी एवं प्राइवेट होटल, आश्रम, धर्मशालायें, गेस्ट हाउस एवं टूरिस्ट लॉज।
- **अनुकूल मौसम**: वर्ष भर विशेष कर अक्टूबर–नवम्बर माह में पड़ने वाले गंगा महोत्सव के समय।

सुप्रभात दीपक बोलता नहीं बल्कि उसका प्रकाश परिचय देता है। ठीक उसी प्रकार आप अपने बारे में कुछ न बोलें, आपके अच्छे कर्म ही आपका परिचय देंगे।

(23) ललिता देवी प्रयाग शक्तिपीठ

- **स्थान**: मीरापुर, जनपद–इलाहाबाद, उत्तर प्रदेश, भारत।
- **देवी सती का गिरा अंग या आभूषण**: हाथों की अंगुलियां (हस्तांगुलि)।

यह शक्तिपीठ मंदिर भारत के उत्तर प्रदेश राज्य के इलाहाबाद जनपद (प्राचीन काल में प्रयाग) के मीरापुर नामक मुहल्ले में यमुना नदी के छोर के समीप स्थित है। यह प्रसिद्ध मंदिर इलाहाबाद जंक्शन के सिटी साइड के दक्षिण से 3 किमी0 दूर स्थित है। इस पवित्र भूमि पर देवी सती के हाथों की अंगुलियां (हस्तांगुलि) गिरने की मान्यता है। देवी सती के गिरे अंग के स्थान पर निर्मित इस शक्तिपीठ की अधिष्ठात्री देवी को देवी ललिता के नाम से पूजा जाता है तथा देवी सती के साथ विराजमान भगवान शिव या भैरव भगवान भावा के रूप में पूजे जाते हैं। प्राचीन काल में प्रयाग के नाम से विख्यात् इलाहाबाद शहर तीर्थराज (सभी तीर्थस्थलों का राजा) के रूप में भी प्रसिद्ध है। यह शहर गंगा, यमुना और अदृश्य सरस्वती नदियों के मिलन–स्थल (संगम) के कारण संगमनगरी के रूप में भी जाना जाता है। यह दिल्ली से लगभग 644 किमी0 तथा लखनऊ से लगभग 200 किमी0 दूर स्थित है, जो हरिद्वार, उज्जैन, नासिक के साथ ही भारत के 4 कुंभ नगरों में से एक है। वर्तमान ललिता देवी मंदिर श्री प्रभुदत्त ब्रह्मचारी जी द्वारा बनवाया गया है, जो लगभग 50 वर्षों पुराना है। मुख्य द्वार (सिंह–द्वार) से प्रवेश करने के बाद मुख्य मंदिर परिसर पड़ता है, जिसमें सीधे चलते हुये दाहिने मुड़ने पर गर्भ–गृह पड़ता है, जहां मां ललिता देवी की भव्य प्रतिमा प्रतिष्ठित है। मंदिर के मुख्य प्रवेश–द्वार के बायें किनारे पर ललितेश्वर महादेव मंदिर स्थित है, जो भगवान शिव को समर्पित है, जबकि इसके दाहिनी तरफ भगवान हनुमान का एक नवनिर्मित मंदिर विराजमान है। ललितेश्वर महादेव मंदिर के बगल में प्राचीन पीपल वृक्ष की छाया तले एक

यज्ञ–कुण्ड सुशोभित है, जबकि मंदिर परिसर के बाहर पाण्डव–कूप विराजमान है, जिसके बारे में मान्यता है कि इसे अर्जुन ने अपने बाण से निर्मित किया था। इस कूप के अतिरिक्त यहां भगवान भैरव तथा भगवान हनुमान को समर्पित 2 अन्य मंदिर भी स्थित हैं। मान्यता है कि मां ललिता देवी की पूजा करने के बाद भगवान भैरव की आराधना करना जरूरी है, क्योंकि ऐसा करने से ही मनचाही मुराद पूर्ण होने का प्रावधान माना जाता है। हर वर्ष यहां विविध आयोजन होते हैं जिनमें नवरात्रि तथा बैसाख अष्टमी का आकर्षण अपने चरम पर होता है। इन आयोजनों में पूजा, यज्ञ, कीर्तन, देवी जागरण, रात्रि श्रृंगार इत्यादि कार्यक्रम होते हैं। चैत्र नवरात्रि में यहां पश्चिम बंगाल राज्य से भी विभिन्न देवी–देवताओं की मूर्तियां पूजा के लिये आती हैं। बैसाख अष्टमी देवी ललिता मंदिर का वार्षिक त्योहार है।

"मान्यता है कि महाभारत का युद्ध जीतने के पश्चात् पाण्डव बैसाख अष्टमी के दिन ही यहां आये थे और स्थानीय लोगों के साथ मिलकर एक मेले के रूप में विजय की खुशियां मनाई थीं। महाभारत में वर्णित प्रसिद्ध लाक्षागृह से पाण्डव देवी ललिता के पावन स्थल पर ही सुरक्षित निकले थे, जहां उन्होंने मां ललिता देवी की पूजा–अर्चना करके यह संकल्प लिया था कि अपना राज्य पुनः प्राप्त करने के पश्चात् वह मां ललिता देवी का पवित्र दर्शन करने इस स्थल पर अवश्य आयेंगे। बैसाख अष्टमी मेला स्थानीय लोगों में आज भी उसी धार्मिक रीति–रिवाज के साथ मनाया जाता है।"

यह अप्रैल–मई महीने में पड़ता है, जिसका आयोजन ललिता देवी मंदिर समिति करती है। इसमें देश के कोने–कोने से भक्त निशान नामक एक विशेष ध्वज के साथ यहां एकत्र होते हैं और मां ललिता देवी की आराधना कर मनवांछित फल प्राप्त करते हैं।

एक नजर में:

- **कैसे पहुंचें?**: इलाहाबाद का बमरौली एयरपोर्ट यहां का निकटतम हवाई–अड्डा है हालांकि यहां से लगभग 150 किमी0 दूर स्थित वाराणसी का बाबतपुर एयरपोर्ट यहां का निकटतम प्रमुख हवाई–अड्डा है, जहां से दिल्ली, मुंबई जैसे बड़े शहरों के लिये नियमित उड़ानें उपलब्ध हैं। इलाहाबाद देश का एक प्रमुख रेलवे जंक्शन है, जो कोलकाता, दिल्ली, जयपुर, लखनऊ, कानपुर तथा मुंबई से उत्कृष्ट रेल सेवा द्वारा जुड़ा है जहां से विभिन्न रेलगाड़ियां गुजरती एवं संचालित होती हैं। राष्ट्रीय राजमार्ग–2 एवं 27 पर स्थित इलाहाबाद में सड़क परिवहन सेवाओं की अच्छी सुविधा है। यहां से वाराणसी, लखनऊ, कानपुर, पटना एवं गोरखपुर के लिये नियमित बस सेवा संचालित होती है।
- **रहने योग्य स्थल**: इलाहाबाद स्थित विभिन्न सरकारी एवं प्राइवेट होटल, आश्रम, धर्मशालायें, गेस्ट हाउस एवं टूरिस्ट लॉज।
- **अनुकूल मौसम**: वर्ष भर विशेष कर माघ मेले के दौरान।

अन्य मान्यतानुसारः

* **नैमिषारण्य ललिता देवी मंदिरः** देवी ललिता को समर्पित यह मंदिर उत्तर प्रदेश राज्य के सीतापुर जनपद के नैमिषारण्य (नीमसार) कस्बे में स्थित है, जिसे स्थानीय लोग एक शक्तिपीठ के रूप में पूजते हैं। नैमिषारण्य या नीमसार सीतापुर का एक छोटा कस्बा है, जो लखनऊ–दिल्ली राष्ट्रीय राजमार्ग–24 से जुड़ा है। यहां स्थित श्री ललिता देवी मंदिर भारत के उत्तर प्रदेश राज्य का एक लोकप्रिय तीर्थस्थल है। जानकारों के अनुसार देवी ललिता (त्रिपुरसुंदरी या लाल देवी के नाम से भी प्रसिद्ध) सृष्टि के रचयिता ब्रह्मा की इच्छानुसार यहां विराजमान हुई थीं। ललिता देवी मंदिर के समीप ही चक्र तीर्थम और पंच प्रयाग जैसे प्रमुख दर्शनीय धार्मिक स्थल भी स्थित हैं। जानकारों के अनुसार परमपिता ब्रह्मा ने स्वयं ही यह संकेत दिया था कि कलियुग में ध्यान एवं तपस्या के लिये नैमिषारण्य स्थल ही सबसे अधिक पवित्र होगा। इस पौराणिक महात्म्य के कारण ही देश के कोने–कोने से लोग इस पावन स्थल की यात्रा करने आते हैं और मां ललिता देवी की आराधना कर हर प्रकार की सिद्धि प्राप्त करते हैं। ललिता देवी मंदिर के अतिरिक्त यहां के अन्य दर्शनीय स्थलों में चक्र तीर्थम, पंच प्रयाग, व्यास गद्दी, सूत गद्दी, श्री हनुमान गढ़ी और पंच पाण्डव प्रमुख हैं। इस कड़ी में यहां से लगभग 10 किमी0 दूर स्थित मिश्रिख नामक स्थान भी अत्यंत महत्वपूर्ण है। स्कंद पुराण में उद्धृत प्रसिद्ध सत्यनारायण कथा सबसे पहले ललिता देवी के धाम नीमसार तीर्थस्थल पर ही सुनाई गई थी। मान्यता है कि हिंदुओं की इस पवित्र पुस्तक को महर्षि व्यास ने इसी पावन भूमि पर लिखा था। हनुमान गढ़ी यहां का अन्य प्रसिद्ध मंदिर है, जहां प्रतिष्ठित भगवान हनुमान का मुख दक्षिण दिशा की ओर है, इसी कारण इन्हें दक्षिणेश्वर हनुमान जी भी कहा जाता है। लखनऊ से लगभग 95 किमी0 दूर स्थित नैमिषारण्य तीर्थ उत्तर प्रदेश के सबसे पवित्र तीर्थस्थलों में से एक है, जिसका नाम नैमिष वन से लिया गया है। इस संबंध में एक प्रचलित कथा इस प्रकार है। महाभारत युद्ध के पश्चात् ऋषि एवं महात्मा–जन कलियुग के आगमन से चिंतित होकर परमपिता ब्रह्मा जी की शरण में पहुंचे। कलियुग के कुप्रभाव से भली–भांति परिचित इन लोगों ने ब्रह्मा जी से उस स्थान को दिखाने की प्रार्थना की, जहां कलियुग का प्रभाव न हो। ब्रह्मा जी ने एक पवित्र चक्र लिया और इसे घुमा कर पृथ्वी पर छोड़ते हुये कहा कि यह चक्र जिस स्थल पर घूमना बंद कर देगा, वह विशिष्ट स्थल कलियुग के प्रभाव से मुक्त होगा। ऋषि और महात्मा–जन चक्र के पीछे चल दिये। यह दिव्य चक्र नैमिष नामक वन–स्थल पर रूका, जो आज नैमिषारण्य के नाम से प्रसिद्ध है, जहां देवी ललिता का प्रसिद्ध मंदिर स्थित है। नवरात्रि एवं मकर संक्रान्ति के अवसर पर यहां भक्तों का हुजूम सहज ही उमड़ पड़ता है।

एक नजर में:

- **कैसे पहुंचें?**: सीतापुर से लगभग 89 किमी0 दूर स्थित लखनऊ का अमौसी एयरपोर्ट यहां का निकटतम हवाई–अड्डा है, जहां से दिल्ली, मुंबई, कोलकाता, वाराणसी, पटना के लिये नियमित उड़ानें उपलब्ध हैं। सीतापुर स्टेशन देश के सभी प्रमुख शहरों से रेल सेवा द्वारा जुड़ा है। दिल्ली से लगभग 411 किमी0, कानपुर से लगभग 163 किमी0 तथा मेरठ से लगभग 360 किमी0 दूर सीतापुर लखनऊ–दिल्ली राष्ट्रीय राजमार्ग–24 पर स्थित है, जहां से टैक्सी या बस द्वारा आप नीमसार स्थित शक्तिपीठ स्थल पहुंच सकते हैं।
- **रहने योग्य स्थल**: सीतापुर एवं नीमसार स्थित विभिन्न होटल, धर्मशालायें एवं सराय–गृह इत्यादि।
- **अनुकूल मौसम**: वर्ष भर।

(24) जयादुर्गा देवी वैद्यनाथ शक्तिपीठ

- **स्थान**: जनपद–देवघर, झारखण्ड, भारत।
- **देवी सती का गिरा अंग या आभूषण**: हृदय।

यह पावन शक्तिपीठ भारत के झारखण्ड राज्य के देवघर जनपद में प्रसिद्ध बाबा बैद्यनाथ (वैद्यनाथ) मंदिर परिसर में स्थित है। यहां देवी सती के हृदय गिरने की मान्यता है। देवी सती के गिरे अंग के स्थान पर निर्मित इस शक्तिपीठ की अधिष्ठात्री देवी को देवी जयादुर्गा के नाम से पूजा जाता है तथा देवी सती के साथ विराजमान भगवान शिव या भैरव भगवान वैद्यनाथ (बैद्यनाथ) के रूप में पूजे जाते हैं। देवी सती का हृदय गिरने के कारण इस शक्तिपीठ को हरदा (हृदय) पीठ भी कहते हैं।

"यह मदिंर स्थानीय लोगों में बाबा मंदिर (बाबा धाम) के नाम से प्रसिद्ध वैद्यनाथ मंदिर परिसर में स्थित जयादुर्गा देवी वैद्यनाथ शक्तिपीठ वैद्यनाथ धाम के मुख्य मंदिर (बाबा बैद्यनाथ मंदिर) के ठीक विपरीत दिशा में स्थित है। दोनों मंदिरों के शीर्ष रेशम के धागों द्वारा जुड़े हैं। स्थानीय मान्यता है कि यहां रेशम का धागा बांधने वाले युगल का जीवन खुशियों से भरा होता है, जिन्हें भगवान शिव एवं देवी पार्वती का शुभ आशीर्वाद प्राप्त होता है।"

जयादुर्गा देवी वैद्यनाथ शक्तिपीठ मंदिर हालांकि छोटा है, लेकिन यहां का धार्मिक उत्साह एवं आत्मिक शांति का अहसास भक्तों के मुखमंडल पर सहज ही दिखाई देता है। यहां देवी दुर्गा और देवी पार्वती एक पत्थर के मंडप पर विराजमान हैं। गर्भ–गृह में स्थित इस मंडप की भक्त प्रदक्षिणा करते हैं तथा देवी जयादुर्गा की फूलों एवं गाय के पवित्र दुग्ध से आराधना करते हैं। वैद्यनाथ मंदिर परिसर में जयादुर्गा शक्तिपीठ मंदिर के अतिरिक्त देवी काली, देवी तारा, देवी बागला, देवी संध्या, देवी सरस्वती, देवी अन्नपूर्णा तथा देवी जगतजननी जैसी अन्य देवियों के भव्य मंदिर भी स्थित हैं। सावन (जुलाई के आस–पास का समय), माघ (फरवरी) तथा आश्विन (अक्टूबर) माह के दौरान यहां का धार्मिक उल्लास अपने चरम पर होता है।

एक नजर में:

- **कैसे पहुंचें?**: रांची, गया, पटना यहां के निकटतम हवाई–अड्डे हैं, जहां से देश के प्रमुख शहरों के लिये विभिन्न घरेलू उड़ानें संचालित होती हैं। बाबाधाम (देवघर) से लगभग 10 किमी0 दूर स्थित जसीडीह यहां का निकटतम रेलवे स्टेशन है, जो हावड़ा–पटना–दिल्ली मार्ग पर स्थित है। बाबाधाम स्थित बैद्यनाथधाम रेलवे स्टेशन छोटी रेल लाइन द्वारा जसीडीह स्टेशन से जुड़ा है। देवघर देश के सभी प्रमुख शहरों से सड़कमार्ग द्वारा भलीप्रकार जुड़ा है। जी0 टी0 रोड के समीप बसा बाबाधाम कस्बा कोलकाता से लगभग 373 किमी0, गिरीडीह से लगभग 112 किमी0, पटना से लगभग 281 किमी0 तथा दुमका से लगभग 67 किमी0 दूर स्थित है।
- **रहने योग्य स्थल**: देवघर स्थित विभिन्न होटल, गेस्ट हाउस, धर्मशालायें तथा टूरिस्ट लॉज इत्यादि।
- **अनुकूल मौसम**: वर्ष भर विशेष कर सावन माह।

अन्य मान्यतानुसार:

- **अम्बाजी शक्तिपीठ**: यह शक्तिपीठ भारत के गुजरात राज्य के बनासकांठा जनपद (जिला–मुख्यालय: पालनपुर) में स्थित है। यह बनासकांठा जिले के मुख्यालय पालनपुर से लगभग 51 किमी0 तथा राजस्थान के प्रसिद्ध पर्यटन स्थल माउण्ट आबू से लगभग 45 किमी0 दूर स्थित है। अम्बाजी शक्तिपीठ का मुख्य मंदिर

गब्बार पहाड़ी पर स्थित है, जहां पूर्णिमा के दिन एक विशाल मेला लगता है। गब्बार पर्वत वैदिक सरस्वती नदी के उद्गम स्त्रोत के समीप स्थित माना जाता है। अम्बाजी मंदिर में श्री बीज यंत्र को ही इष्ट देवी के रूप में पूजा जाता है। इस पवित्र स्थल पर देवी सती के गिरे हृदय को जानकारों द्वारा तंत्र चूणामणि कहा जाता है, जिसके प्रति श्रद्धालुओं में विशेष आस्था है।

एक नजर में:

- **कैसे पहुंचें?**: अहमदाबाद यहां का निकटतम एयरपोर्ट है, जो अम्बाजी मंदिर से लगभग 200 किमी0 दूर स्थित है। आबू रोड यहां का निकटतम रेलवे स्टेशन है, जो अम्बाजी मंदिर से लगभग 22 किमी0 दूर स्थित है। गुजरात के सभी प्रमुख शहरों से अम्बाजी मंदिर पहुंचने के लिये राज्य परिवहन निगम एवं प्राइवेट लग्जरी बसें बड़े पैमाने पर उपलब्ध हैं।
- **रहने योग्य स्थल**: पालनपुर एवं आबू रोड स्थित विभिन्न होटल, गेस्ट हाउस एवं धर्मशालायें इत्यादि।
- **अनुकूल मौसम**: वर्ष भर।
- **माया देवी मंदिर**: *(इसका वर्णन पूर्व पृष्ठों में उल्लिखित है)*

मेरा धर्म सत्य और अहिंसा पर आधारित है, सत्य मेरा भगवान है, अहिंसा उसे पाने का साधन।

– महात्मा गाँधी

(25) दंतेश्वरी देवी शक्तिपीठ

- **स्थान**: जनपद–दंतेवाड़ा, छत्तीसगढ़, भारत।
- **देवी सती का गिरा अंग या आभूषण**: दांत।

यह शक्तिपीठ भारत के छत्तीसगढ़ राज्य के दंतेवाड़ा जनपद में स्थित है। मध्य भारत का यह प्रसिद्ध शक्तिपीठ मंदिर छत्तीसगढ़ राज्य के बस्तर जिले के मुख्यालय जगदलपुर से लगभग 80 किमी0 दूर स्थित है। यहां देवी सती के दांत गिरने की मान्यता है। देवी सती के गिरे अंग के स्थान पर निर्मित इस शक्तिपीठ की अधिष्ठात्री देवी को देवी दंतेश्वरी के नाम से पूजा जाता है तथा देवी सती के साथ विराजमान भगवान शिव या भैरव भगवान कपालभैरव के रूप मं पूजे जाते हैं। दंतेश्वरी देवी बस्तर के स्थानीय जन–जातियों की कुल देवी हैं, जिनकी आस्था का रंग यहां के कण–कण में देखा जा सकता है।

"लगभग 600 वर्ष पुराना यह शक्तिपीठ मंदिर 14वीं शताब्दी में चालुक्य वंश के राजाओं द्वारा बनवाया गया है। यह अति प्राचीन धार्मिक विरासत दंतेवाड़ा जनपद में स्थित है, जहां शंकिनी और ढ़ंकिनी नामक नदियां एक दूसरे से मिलती हैं। इस तीर्थस्थल पर देवी दंतेश्वरी की काले पत्थर की बनी मूर्ति विराजमान है, जिसकी वास्तु एवं स्थापत्य कला अद्वितीय है। इस शक्तिपीठ मंदिर के 4 प्रमुख भाग हैं– गर्भगृह, महा मंडप, मुख्य मंडप और सभा मंडप, जबकि इसके प्रवेश–द्वार पर गरूड़ नामक एक मीनार स्थित है। दशहरा त्योहार के अवसर पर इस मंदिर की सजावट देखने लायक होती है।"

इस समय यहां लाखों श्रद्धालुओं का हुजूम मां दंतेश्वरी के दर्शन के लिये उमड़ पड़ता है। दंतेवाड़ा जनपद का नाम मां दंतेश्वरी के नाम पर ही पड़ा है, जो यहां की अधिष्ठात्री देवी हैं। इस क्षेत्र में मां दंतेश्वरी को सबसे अधिक पूजा जाता है। 52 शक्तिपीठों में से एक इस शक्तिपीठ मंदिर की अधिष्ठात्री देवी दंतेश्वरी देवी शक्ति का ही एक दिव्य स्वरूप हैं, जहां ओडिशा और आंध्र प्रदेश राज्यों की संस्कृति एवं परंपराओं का सुंदर समन्वय दिखता है। पहाड़ी–मार्गों, घाटियों, जल–धाराओं और हरे–भरे जंगलों से युक्त इसके आस–पास का नजारा प्रकृति–प्रेमियों के लिये किसी स्वर्ग से कम नहीं है, जबकि मां दंतेश्वरी का दिव्य मंदिर यहां के स्थानीय जन–जातियों– मारिया, मूरिया, धुरवा, हल्बा, भात्रा, गोण्ड इत्यादि की समृद्ध परंपरा का जीता–जागता उदाहरण है। नवरात्रि के अवसर पर इन जन–जातियों का मोहक नृत्य यहां बस देखते ही बनता है।

एक नजर में:

- **कैसे पहुंचें?**: रायपुर यहां का निकटतम एयरपोर्ट है। दंतेवाड़ा रेलवे स्टेशन विशाखापत्तनम के साथ ही देश के अन्य प्रमुख शहरों से रेल सेवा द्वारा जुड़ा है।

राज्य मार्ग संख्या–16 द्वारा दंतेवाड़ा जगदलपुर से जुड़ा हुआ है, जहां से रायपुर, बिलासपुर, हैदराबाद जैसे शहरों के लिये अच्छी परिवहन सुविधायें उपलब्ध हैं।

- **रहने योग्य स्थल**: दंतेवाड़ा स्थित विभिन्न होटल, गेस्ट हाउस तथा टूरिस्ट लॉज इत्यादि।
- **अनुकूल मौसम**: वर्ष भर।

(26) कामाख्या देवी शक्तिपीठ

- **स्थान**: गुवाहाटी (जनपद–कामरूप), असोम (असम), भारत।
- **देवी सती का गिरा अंग या आभूषण**: योनि (जनेन्द्रिय)।

भारत के असोम (असम) राज्य के गुवाहाटी शहर (जनपद–कामरूप) के पश्चिम में 8 किमी0 दूर नीलांचल पहाड़ियों में स्थित यह तीर्थस्थल भारत के प्रमुख शक्तिपीठ मंदिरों में से एक है। स्थानीय लोग इसे सोदाशी के नाम से भी पूजते हैं। यहां देवी सती के योनि (जनेन्द्रिय) गिरने की मान्यता है। देवी सती के गिरे अंग के स्थान पर निर्मित इस शक्तिपीठ की अधिष्ठात्री देवी को देवी कामाख्या (देवी दश महाविद्या) के नाम से पूजा जाता है तथा देवी सती के साथ विराजमान भगवान शिव या भैरव भगवान उमानंद के रूप में पूजे जाते हैं। कामाख्या मंदिर झरने से युक्त एक प्राकृतिक गुफा है, जहां पत्थर की सतह में बने एक विशाल दरार को देवी कामाख्या की योनि (जनेन्द्रिय) के रूप में मान कर देवी की आराधना की जाती है। पत्थर की यह पावन दरार सामान्यतया साड़ी, फूल और सिंदूर से ढ़की होती है, जबकि मंदिर की मीनार मधुमक्खी के छत्ते के समान दिखाई पड़ती है। यहां एक भूमिगत झरने से तेज आवाज के साथ निकलती पानी की धारा देवी कामाख्या मंदिर के चारों ओर गिरती है। प्राचीन काल से ही

प्रसिद्ध यहां की बलि परंपरा इस शक्तिपीठ मंदिर में आज भी कायम है। अति प्राचीन दिखने वाले इस शक्तिपीठ मंदिर का जीर्णोद्धार कूच बिहार राज्य (वर्तमान में पश्चिम बंगाल राज्य का एक जनपद) के राजा नर नारायण ने सन् 1665 में करवाया था। कामाख्या शक्तिपीठ मंदिर में राजा नर नारायण की मूर्ति तथा इनसे संबंधित शिलालेख दर्शनीय हैं। देवी कामाख्या के अतिरिक्त यहां भगवान गणेश, देवी चामुण्डेश्वरी तथा अन्य नृत्यगत् मूर्तियां भी विराजमान हैं। देवी कामाख्या को हर कामना पूरी करने वाली देवी के रूप में माना जाता है।

"आश्विन मास में पड़ने वाले नवरात्रि उत्सव के दौरान 3 दिनों तक चलने वाला समारोह यहां अत्यंत धूमधाम से मनाया जाता है। इसे अम्बूवासी (अमेटी) कहते हैं। इस त्योहार के दौरान मान्यता है कि देवी कामाख्या अपने मासिक–चक्र की अवधि में होती हैं। इसीलिये 3 दिनों तक मुख्य मंदिर बंद रखा जाता है। मंदिर बंद करने से पूर्व गर्भ–गृह में श्वेत रंग वाली चादरें रख दी जाती हैं। 3 दिनों बाद मंदिर के पुनः खुलने पर ये श्वेत रंग वाली चादरें लाल रंग में मिलती हैं। चौथे दिन इस धार्मिक त्योहार का उल्लास देखते ही बनता है। इस दिन लाल चादरों को कई छोटे–छोटे टुकड़ों में काट कर प्रसाद के रूप में श्रद्धालुओं में बांट दिया जाता है।"

इस धार्मिक आयोजन में हिस्सा लेने के लिये लोग दूर–दूर से आते हैं। इस शक्तिपीठ मंदिर का महात्म्य गीता प्रेस, गोरखपुर द्वारा प्रकाशित संक्षिप्त श्रीमद्देवीभागवत नामक धार्मिक पुस्तक में सहज ही परिलक्षित होता है, जिसके अनुसार पर्वतराज हिमालय द्वारा श्रीदेवी भगवती जगदम्बा से उनके परम–प्रिय स्थलों के संबंध में पूछे जाने पर देवी जगदम्बा स्वयं कहती हैं कि मेरे स्वरूप देवी सती का योनि भाग जहां गिरा वह स्थान कामरू (वर्तमान में गुवाहाटी शहर) नामक देश से प्रसिद्ध है। महामाया से सुशोभित देवी कामाख्या का यह पवित्र स्थल पूरे जगत का रत्न है। धरातल पर इससे बढ़कर प्रसिद्ध स्थान अन्यत्र नहीं है। हर मास देवी कामाख्या यहां रजस्वला हुआ करती हैं, जिसके कारण यहां की संपूर्ण भूमि देवीमय हो जाती है। यही कारण है कि जानकारों ने कामाख्यायोनिमण्डल नामक इस पावन स्थल को सभी पवित्र स्थलों में सर्वश्रेष्ठ बताया है।

एक नजर में :

- **कैसे पहुंचें ? :** गुवाहाटी यहां का निकटतम एयरपोर्ट है, जहां से दिल्ली, कोलकाता के लिये सीधी उड़ानें संचालित होती हैं। गुवाहाटी पूर्वोत्तर भारत का एक प्रमुख रेलवे स्टेशन है, जो दिल्ली, कोलकाता, मुंबई, अहमदाबाद जैसे सभी प्रमुख शहरों से रेल सेवा द्वारा जुड़ा है, हालांकि कामाख्या स्थित रेलवे स्टेशन भी गुवाहाटी से रेल सेवा द्वारा जुड़ा है। गुवाहाटी अच्छी सड़क सुविधा द्वारा देश के सभी हिस्सों से जुड़ा हुआ है। गुवाहाटी से कामाख्या के लिये उत्कृष्ट बस एवं टैक्सी सेवा उपलब्ध है।

- **रहने योग्य स्थल**: गुवाहाटी एवं कामाख्या स्थित विभिन्न होटल, धर्मशालायें, गेस्ट हाउस तथा टूरिस्ट लॉज इत्यादि।
- **अनुकूल मौसम**: अक्टूबर से अप्रैल।

जीवन मिलना तो भाग्य की बात है, मृत्यु होना समय की बात है, लेकिन मृत्यु के बाद भी लोगों के दिलों में जीवित रहना ये अच्छे कर्मों की बात है।

– लॉर्ड गौतम बुद्ध

(27) त्रिपुरसुंदरी देवी शक्तिपीठ

- **स्थान**: राधाकिशोरपुर, जनपद–दक्षिणी त्रिपुरा (जिला–मुख्यालय : उदयपुर), त्रिपुरा, भारत।
- **देवी सती का गिरा अंग या आभूषण**: दाहिना पैर।

यह प्रसिद्ध शक्तिपीठ भारत के त्रिपुरा राज्य के दक्षिणी त्रिपुरा जनपद के जिला–मुख्यालय उदयपुर शहर के समीप राधाकिशोरपुर नामक स्थान पर स्थित है। यहां देवी सती का दाहिना पैर गिरने की मान्यता है। देवी सती के गिरे अंग के स्थान पर निर्मित इस शक्तिपीठ की अधिष्ठात्री देवी को देवी त्रिपुरसुंदरी के नाम से पूजा जाता है तथा देवी सती के साथ विराजमान भगवान शिव या भैरव भगवान त्रिपुरेश के रूप में पूजे जाते हैं। देवी त्रिपुरसुंदरी के

नाम पर ही इस राज्य का नाम त्रिपुरा पड़ा है। स्थानीय लोगों में यह मंदिर माता त्रिपुरेश्वरी मंदिर के नाम से विख्यात् है, जो त्रिपुरेश्वरी देवी को समर्पित है।

"देवी सती के 52 शक्तिपीठों में से एक यह शक्तिपीठ मंदिर अत्यंत प्राचीन है। इस प्राचीन मंदिर का निर्माण राजा धान्य माणिक्य ने 1501 ईसा में करवाया था। शंक्वाकार गुंबद एवं वर्गाकार गर्भ–गृह की आकृति वाला यह मंदिर बंगाली स्थापत्य कला का एक अनुपम उदाहरण है। यहां देवी त्रिपुरसुंदरी की 2 समरूप मूर्तियां विराजमान हैं, जिनमें से एक मूर्ति को छोटी मां तथा दूसरी मूर्ति को त्रिपुरसुंदरी मां के नाम से पूजा जाता है। इस शक्तिपीठ को कुर्म पीठ भी कहा जाता है क्योंकि यह मंदिर किसी कुर्म या कच्छप (कछुआ) जैसा दिखता है।"

मुख्य मंदिर में देवी काली की लाल–काले रंग की पत्थर की बनी एक मूर्ति विराजमान है, जिन्हें सोरोशो स्वरूप में पूजा जाता है। यह मंदिर त्रिपुरा राज्य की सांस्कृतिक समद्धि का प्रतीक है। यहां भगवान विष्णु को समर्पित एक भव्य मंदिर भी स्थित है, जिसके प्रति स्थानीय लोगों में विशेष आस्था है, जबकि त्रिपुरेश्वरी देवी मंदिर के उत्तर दिशा में स्थित प्रसिद्ध कल्याण सागर नामक झील का नयनाभिराम नजारा श्रद्धालुओं को आत्मिक सुकून प्रदान करता है।

एक नजर में:

- **कैसे पहुंचें?**: त्रिपुरा की राजधानी अगरतला यहां का निकटतम एयरपोर्ट है। उत्तर–पूर्व रेलवे में पड़ने वाला कुमारघाट स्टेशन यहां का निकटतम प्रमुख रेलवे स्टेशन है, जो अगरतला से लगभग 140 किमी0 दूर स्थित है। राष्ट्रीय राजमार्ग–44 अगरतला को सिलचर, गुवाहाटी, करीमगंज, शिलांग से जोड़ता है। अगरतला से त्रिपुरसुंदरी मंदिर पहुंचने के लिये बस एवं टैक्सी सुविधा बड़े पैमाने पर उपलब्ध है।
- **रहने योग्य स्थल**: उदयपुर एवं राधाकिशोरपुर स्थित विभिन्न होटल, गेस्ट हाउस तथा धर्मशालायें इत्यादि।
- **अनुकूल मौसम**: मानसून छोड़ कर बाकी के महीने।

अन्य मान्यतानुसार:

- **पुरूषोत्तम क्षेत्र शक्तिपीठ**: *(इसका वर्णन पूर्व पृष्ठों में उल्लिखित है)*
- **त्रिपुरसुंदरी देवी मंदिर (तुर्तिया माता मंदिर)**: यह मंदिर भारत के राजस्थान राज्य के बांसवाड़ा जनपद में स्थित है, जिसे स्थानीय लोग एक शक्तिपीठ के रूप में पूजते हैं। राजस्थान राज्य का बांसवाड़ा शहर त्रिपुरसुंदरी देवी मंदिर के कारण ही जाना जाता है, जो यहां से लगभग 19 किमी0 दूर स्थित है। बांसवाड़ा शहर के तलवाड़ा कस्बे से 5 किमी0 दूर स्थित यह मंदिर कुषाण वंश के राजा कनिष्क के शासन काल से पहले का बना है, जबकि कनिष्क ने यहां पर पहली शताब्दी ईसा में शासन किया था। मंदिर के गर्भ–गृह में एक बाघ पर सवार देवी त्रिपुरसुंदरी की काले पत्थर की भव्य प्रतिमा विराजमान है। देवी

त्रिपुरसुंदरी की 18 भुजायें हैं, जिनमें से हर भुजा में विशिष्ट शस्त्र सुशोभित है। स्थानीय जानकारों के अनुसार इस मंदिर को देवी सती के दिव्य 52 शक्तिपीठों में से एक माना जाता है, जो हिंदुओं के परम–पूज्य स्थलों में से एक है। इस मंदिर का रखरखाव पंचाल समाज समिति करती है। अपनी मनोकामना लिये हुये लोग यहां दूर–दूर से आते हैं और देवी त्रिपुरसुंदरी की आराधना कर इच्छित वर प्राप्त करते हैं।

एक नजर में:

- **कैसे पहुंचें?**: उदयपुर यहां का निकटतम एयरपोर्ट है, जो बांसवाड़ा से लगभग 160 किमी0 दूर स्थित है। बांसवाड़ा से लगभग 80 किमी0 दूर मध्य प्रदेश स्थित रतलाम स्टेशन यहां का निकटतम प्रमुख रेलवे स्टेशन है, जो देश के सभी प्रमुख शहरों से उत्कृष्ट रेल सेवा द्वारा जुड़ा है। राजस्थान, गुजरात, मध्य प्रदेश परिवहन निगम की बसें एवं अन्य प्राइवेट बसें बांसवाड़ा को उदयपुर, जोधपुर, माउण्ट आबू, उज्जैन, भोपाल से जोड़ती हैं, जहां से टैक्सी द्वारा तुर्तिया माता मंदिर आसानी से पहुंचा जा सकता है।
- **रहने योग्य स्थल**: बांसवाड़ा स्थित विभिन्न होटल, गेस्ट हाउस तथा धर्मशालायें इत्यादि।
- **अनुकूल मौसम**: गर्मी छोड़ कर बाकी के महीने।

(28) बहुला देवी शक्तिपीठ

- **स्थान**: केतुग्राम, केतुग्राम–2, कटवा (कटोया) स्टेशन के समीप, जनपद– बर्धमान, पश्चिम बंगाल, भारत।
- **देवी सती का गिरा अंग या आभूषण**: वाम भुजा (बायीं बांह)।

यह शक्तिपीठ भारत के पश्चिम बंगाल राज्य के बर्धमान जनपद के केतुग्राम–2 विकासखण्ड के केतुग्राम नामक गांव में अजोय नदी के किनारे स्थित है, जो कटवा (कटोया) रेलवे स्टेशन से लगभग 8 किमी0 दूर है।

"यहां देवी सती की वाम भुजा या बायीं बांह गिरने की मान्यता है। देवी सती के गिरे अंग के स्थान पर निर्मित इस शक्तिपीठ की अधिष्ठात्री देवी को बहुला देवी के नाम से पूजा जाता है।"

देवी सती के साथ विराजमान भगवान शिव या भैरव भगवान भीरूक (भगवान तिवराक) के रूप में पूजे जाते हैं।

एक नजर में:

- **कैसे पहुंचें?:** कोलकाता यहां का निकटतम एयरपोर्ट है, जहां से देश के सभी प्रमुख शहरों के साथ ही विश्व के प्रमुखतम शहरों के लिये भी उड़ानें संचालित होती हैं। कटवा यहां का निकटतम रेलवे स्टेशन है, जो बर्धमान स्टेशन से रेल सेवा द्वारा जुड़ा है। बर्धमान शहर राष्ट्रीय राजमार्ग–7, 34 और 2 (जी0 टी0 रोड) के समीप स्थित है, जहां से बस या टैक्सी सेवा द्वारा बहुला देवी मंदिर आसानी से पहुंचा जा सकता है।
- **रहने योग्य स्थल:** बर्धमान, केतुग्राम एवं कटवा स्थित विभिन्न होटल, गेस्ट हाउस तथा धर्मशालायें इत्यादि।
- **अनुकूल मौसम:** अक्टूबर से मार्च।

> आप ईश्वर में तब तक विश्वास नहीं कर पाएँगे, जब तक आप अपने आपमें विश्वास नहीं करते।
>
> – **स्वामी विवेकानंद**

(29) उज्जानी देवी शक्तिपीठ

- **स्थान:** कोग्राम, नातुनहट, मोंगलकोट, गुसखरा स्टेशन के समीप, जनपद– बर्धमान, पश्चिम बंगाल, भारत।
- **देवी सती का गिरा अंग या आभूषण:** दाहिनी कलाई (अन्य मान्यतानुसार: कोहनी)

यह शक्तिपीठ भारत के पश्चिम बंगाल राज्य के बर्धमान जनपद के मोंगलकोट विकासखण्ड के नातुनहट ग्राम पंचायत के कोग्राम नामक गांव में स्थित है, जो गुसखरा रेलवे स्टेशन (औसग्राम थाने के अंतर्गत्) से लगभग 16 किमी0 दूर स्थित है। यहां देवी सती की दाहिनी

कलाई गिरने की मान्यता है, हालांकि कुछ अन्य जानकारों के अनुसार यहां देवी सती की कोहनी गिरने की बात भी कही जाती है।

"देवी सती के गिरे अंग के स्थान पर निर्मित इस शक्तिपीठ की अधिष्ठात्री देवी को देवी मंगलचण्डिका के नाम से पूजा जाता है तथा देवी सती के साथ विराजमान भगवान शिव या भैरव भगवान कपिलाम्बर के रूप में पूजे जाते हैं। वर्तमान कोग्राम पूर्व में अजोय एवं कुनुर नदियों के मिलन–स्थल पर स्थित उज्जानी के नाम से जाना जाता था। यही कारण है कि इस शक्तिपीठ को उज्जानी देवी शक्तिपीठ कहा जाता है।"

उज्जानी देवी शक्तिपीठ देवी चण्डी को समर्पित है, हालांकि बर्धमान जिले के मेमारी–1 विकासखण्ड में स्थित गंटार का चण्डी देवी मंदिर भी एक शक्तिपीठ के रूप में पूजा जाता है।

एक नजर में:

- **कैसे पहुंचें?**: कोलकाता यहां का निकटतम एयरपोर्ट जबकि गुसखरा निकटतम रेलवे स्टेशन है। बर्धमान शहर कोलकाता एवं पश्चिम बंगाल के अन्य शहरों से बस सेवा द्वारा अच्छी तरह जुड़ा हुआ है। बर्धमान शहर से टैक्सी या बस द्वारा आप उज्जानी देवी मंदिर आसानी से पहुंच सकते हैं।
- **रहने योग्य स्थल**: बर्धमान, मोंगलकोट एवं गुसखरा स्थित विभिन्न होटल एवं गेस्ट हाउसेस इत्यादि।
- **अनुकूल मौसम**: अक्टूबर से मार्च।

(30) फुल्लारा देवी अट्टहास शक्तिपीठ

- **स्थान**: अट्टहास गांव, दक्षिणडिही, केतुग्राम–2, जनपद–बर्धमान, पश्चिम बंगाल, भारत।
- **देवी सती का गिरा अंग या आभूषण**: अधरोष्ठ (निचला होंठ)।

यह शक्तिपीठ भारत के पश्चिम बंगाल राज्य के बर्धमान जनपद के केतुग्राम–2 विकासखण्ड के दक्षिणडिही ग्राम पंचायत के अट्टहास गांव में स्थित है, जो बीरभूम जनपद के लाब्हपुर (लाबपुर) रेलवे स्टेशन (बोलपुर विकासखण्ड के अंतर्गत्) के समीप स्थित है। यहां देवी सती के अधरोष्ठ (निचला होंठ) गिरने की मान्यता है।

"देवी सती के गिरे अंग के स्थान पर निर्मित इस शक्तिपीठ की अधिष्ठात्री देवी को फुल्लारा देवी के नाम से पूजा जाता है तथा देवी सती के साथ विराजमान भगवान शिव या भैरव भगवान विश्वेश्वर के रूप में पूजे जाते हैं। फुल्लारा देवी मंदिर के समीप ही एक विशाल तालाब स्थित है, जिसके बारे में जनश्रुति है कि भगवान श्रीराम द्वारा देवी दुर्गा की पूजा के लिये हनुमान जी ने इसी तालाब से 108 नीले कमल के फूलों को एकत्र किया था।"

एक नजर में:

- **कैसे पहुंचें?**: कोलकाता यहां का निकटतम एयरपोर्ट जबकि बीरभूम जनपद स्थित लाबपुर निकटतम रेलवे स्टेशन है। बर्धमान शहर कोलकाता एवं पश्चिम बंगाल के अन्य शहरों से बस सेवा द्वारा अच्छी तरह जुड़ा हुआ है। बर्धमान शहर से टैक्सी या बस द्वारा आप फुल्लारा देवी मंदिर आसानी से पहुंच सकते हैं।

- **रहने योग्य स्थल**: बर्धमान एवं लाबपुर स्थित विभिन्न होटल एवं गेस्ट हाउसेस इत्यादि।
- **अनुकूल मौसम**: अक्टूबर से मार्च।

जैसे एक मोमबत्ती आग के बिना नहीं जल सकती है, उसी तरह मनुष्य एक आध्यात्मिक जीवन के बिना नहीं जी सकता है।

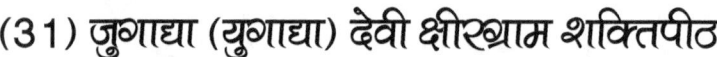

(31) जुगाद्या (युगाद्या) देवी क्षीरग्राम शक्तिपीठ

- **स्थान**: खिरग्राम (पूर्व में क्षीरग्राम), मोंगलकोट, जनपद–बर्धमान, पश्चिम बंगाल, भारत।
- **देवी सती का गिरा अंग या आभूषण**: दाहिने पैर का अंगूठा।

भारत के पश्चिम बंगाल राज्य के बर्धमान जिले के मोंगलकोट विकासखण्ड के खिरग्राम (पूर्व में क्षीरग्राम) नामक स्थान में स्थित यह शक्तिपीठ मंदिर हिंदुओं का एक अत्यंत प्राचीन तीर्थस्थल है।

"यहां देवी सती के दाहिने पैर का अंगूठा गिरने की मान्यता है। देवी सती के गिरे अंग के स्थान पर निर्मित इस शक्तिपीठ की अधिष्ठात्री देवी को देवी जुगाद्या (युगाद्या) या भूताधत्री के नाम से पूजा जाता है तथा देवी सती के साथ विराजमान भगवान शिव या भैरव भगवान क्षीरकंटक के नाम से पूजे जाते हैं।"

यहां स्थित भगवान शिव का मंदिर भी अत्यंत प्रसिद्ध है। बैसाख के महीने में यहां एक विशाल मेला लगता है, जिसमें बड़ी संख्या में श्रद्धालु भाग लेते हैं।

एक नजर में:

- **कैसे पहुंचें?**: कोलकाता यहां का निकटतम एयरपोर्ट जबकि बर्धमान निकटतम रेलवे स्टेशन है। बर्धमान शहर कोलकाता एवं पश्चिम बंगाल के अन्य शहरों से बस सेवा द्वारा अच्छी तरह जुड़ा हुआ है। बर्धमान शहर से टैक्सी या बस द्वारा आप खिरग्राम स्थित जुगाद्या देवी मंदिर आसानी से पहुंच सकते हैं।
- **रहने योग्य स्थल**: बर्धमान एवं मोंगलकोट स्थित विभिन्न होटल, गेस्ट हाउस एवं धर्मशालायें इत्यादि।
- **अनुकूल मौसम**: अक्टूबर से मार्च।

(32) कंकालेश्वरी देवी शक्तिपीठ

- **स्थान**: कंकालीताल (पूर्व में कंजी देश), बोलपुर स्टेशन के समीप, जनपद–बीरभूम (जिला–मुख्यालय : सिउरी), पश्चिम बंगाल, भारत।
- **देवी सती का गिरा अंग या आभूषण**: कंकाल।

यह प्रसिद्ध शक्तिपीठ भारत के पश्चिम बंगाल प्रांत के बीरभूम जनपद (जिला–मुख्यालय: सिउरी) के बोलपुर स्टेशन के उत्तर–पूर्व में लगभग 10 किमी0 दूर कंकालीताल (पूर्व में कंजी देश) नामक स्थान पर कोपई नदी के किनारे स्थित है।

"यहां देवी सती का कंकाल गिरने की मान्यता है। देवी सती के गिरे अंग के स्थान पर निर्मित इस शक्तिपीठ की अधिष्ठात्री देवी को देवी देवगर्भा (देवी वेदगर्भा) के नाम से पूजा जाता है।"

देवी सती के साथ विराजमान भगवान शिव या भैरव भगवान रूरू के रूप में पूजे जाते हैं।

एक नजर में:

- **कैसे पहुंचें?:** कोलकाता यहां का निकटतम एयरपोर्ट है, जहां से घरेलू एवं अंतर्राष्ट्रीय उड़ानें संचालित होती हैं। बोलपुर यहां का निकटतम रेलवे स्टेशन है, जहां कोलकाता से ट्रेन द्वारा लगभग 2.5 घंटे में पहुंचा जा सकता है। बीरभूम जनपद कोलकाता एवं पश्चिम बंगाल के अन्य शहरों से उत्कृष्ट सड़क सेवा द्वारा जुड़ा है, जहां से बस या टैक्सी द्वारा आप कंकालेश्वरी देवी मंदिर पहुंच सकते हैं।
- **रहने योग्य स्थल:** बीरभूम एवं बोलपुर स्थित विभिन्न होटल, गेस्ट हाउस एवं टूरिस्ट लॉज इत्यादि।
- **अनुकूल मौसम:** अक्टूबर से मार्च।

सुविचार लगातार पवित्र विचार करते रहें बुरे संस्कारों को दबाने के लिए एकमात्र समाधान यही है
— स्वामी विवेकानंद

(33) नलतेश्वरी देवी नलहाटी शक्तिपीठ

- **स्थान:** नलहाटी, रामपुर हाट, जनपद–बीरभूम (जिला–मुख्यालय : सिउरी), पश्चिम बंगाल, भारत।
- **देवी सती का गिरा अंग या आभूषण:** पैरों की नलिकाकार हड्डियां। (अन्य मान्यतानुसार: स्वर–नाल)

भारत के पश्चिम बंगाल राज्य के बीरभूम जनपद (जिला–मुख्यालय : सिउरी) के रामपुर हाट विकासखण्ड के अंतर्गत् नलहाटी रेलवे स्टेशन के समीप एक छोटी पहाड़ी पर स्थित यह शक्तिपीठ नलतेश्वरी देवी शक्तिपीठ के नाम से प्रसिद्ध है। यहां देवी सती के पैरों की नलिकाकार हड्डियों के गिरने की मान्यता है, हालांकि कुछ अन्य जानकारों के अनुसार यहां देवी सती का स्वर–नाल गिरने की बात भी कही जाती है।

"देवी सती के गिरे अंग के स्थान पर निर्मित इस शक्तिपीठ की अधिष्ठात्री देवी को देवी काली (कालिका देवी) के रूप में पूजा जाता है तथा देवी सती के साथ विराजमान भगवान शिव या भैरव भगवान योगेश्वर (भगवान योगेश) के नाम से पूजे जाते हैं। मान्यता है कि इस मंदिर को रानी भबानी ने बनवाया था। छप्पर से बने 4 छतों वाले इस मंदिर में स्थापित देवी नलतेश्वरी की एक शिला के रूप में आराधना होती है।"

यह प्रसिद्ध मंदिर कोलकाता से लगभग 228 किमी0, बोलपुर से लगभग 75 किमी0, रामपुर हाट से लगभग 16 किमी0 तथा शांतिनिकेतन से लगभग 91 किमी0 दूर स्थित है, जहां भक्तों का धार्मिक उल्लास देखते ही बनता है।

एक नजर में:

- **कैसे पहुंचें?**: कोलकाता यहां का निकटतम एयरपोर्ट जबकि पूर्वी रेलवे के हावड़ा–साहेबगंज लाइन पर स्थित नलहाटी निकटतम रेलवे स्टेशन है। बीरभूम स्थित नलहाटी पहुंचने के लिये बीरभूम एवं अन्य शहरों से सड़क परिवहन की अच्छी सुविधा है।

- **रहने योग्य स्थल**: बीरभूम तथा नलहाटी स्थित विभिन्न होटल, गेस्ट हाउस एवं धर्मशालायें इत्यादि।

- **अनुकूल मौसम**: अक्टूबर से मार्च।

(34) नंदीकेश्वरी देवी नंदीपुर शक्तिपीठ

- **स्थान**: सैंथिया (पूर्व में नंदीपुर), जनपद–बीरभूम (जिला–मुख्यालय : सिउरी), पश्चिम बंगाल, भारत।

- **देवी सती का गिरा अंग या आभूषण**: कंठहार (गले का हार)।

नंदीकेश्वरी देवी शक्तिपीठ के रूप में प्रसिद्ध यह शक्तिपीठ भारत के पश्चिम बंगाल राज्य के बीरभूम जनपद (जिला–मुख्यालय : सिउरी) के सैंथिया कस्बे, जिसे प्राचीन काल में नंदीपुर कहा जाता था, में स्थित है। यहां देवी सती का कंठहार (गले का हार) गिरने की मान्यता है।

"देवी सती के गिरे आभूषण के स्थान पर निर्मित इस शक्तिपीठ की अधिष्ठात्री देवी को देवी नंदिनी के नाम से पूजा जाता है तथा देवी सती के साथ विराजमान भगवान शिव या भैरव भगवान नंदिकेश्वर के रूप में पूजे जाते हैं। एक प्राचीन बरगद के वृक्ष के नीचे स्थित यह शक्तिपीठ मंदिर स्थानीय लोगों के बीच अत्यंत प्रसिद्ध है, जिससे लगभग 15 किमी0 की दूरी पर विख्यात् तारापीठ मंदिर पड़ता है। मां तारा को समर्पित तारापीठ मंदिर को स्थानीय लोग एक सिद्धपीठ के रूप में पूजते हैं।"

देवी नंदीकेश्वरी देवी पार्वती का ही एक अन्य स्वरूप हैं, जिनकी भव्य मूर्ति के अतिरिक्त इस शक्तिपीठ स्थल पर अन्य देवी–देवताओं की मूर्तियां भी सुशोभित हैं। यह स्थल हावड़ा से लगभग 179 किमी0 दूर स्थित है, जो सन् 1903 में स्थापित हुआ है। पतझड़ के मौसम में यहां एक उत्सव मनाया जाता है, जिसमें बड़ी संख्या में श्रद्धालु भाग लेते हैं।

एक नजर में:

- **कैसे पहुंचें?**: कोलकाता यहां का निकटतम एयरपोर्ट जबकि सैंथिया निकटतम रेलवे स्टेशन है। बीरभूम के लिये कोलकाता एवं पश्चिम बंगाल के अन्य शहरों से विभिन्न बसें संचालित होती हैं। बीरभूम से बस या टैक्सी द्वारा आप नंदीकेश्वरी देवी मंदिर आसानी से पहुंच सकते हैं।

- **रहने योग्य स्थल**: बीरभूम तथा सैंथिया स्थित विभिन्न होटल, गेस्ट हाउस एवं धर्मशालायें इत्यादि।
- **अनुकूल मौसम**: अक्टूबर से मार्च।

अन्य मान्यतानुसार:

- **मैहर देवी (शारदा माता) शक्तिपीठ**: यह शक्तिपीठ भारत के मध्य प्रदेश राज्य के सतना जिले के मैहर नामक स्थान पर त्रिकूट पर्वत पर अवस्थित है। सतना शहर मैहर कस्बे से लगभग 40 किमी0 जबकि मां शारदा शक्तिपीठ मैहर कस्बे से लगभग 5 किमी0 दूर त्रिकूट पर्वत पर स्थित है, जो समुद्र–तल से लगभग 600 फीट की ऊंचाई पर विराजमान है। इस शक्तिपीठ मंदिर की अधिष्ठात्री देवी शारदा माता को देवी सरस्वती के नाम से भी पूजा जाता है, जो ज्ञान की देवी हैं। मां शारदा भक्तों को बुद्धि, तर्क एवं ज्ञान का वरदान देती हैं। ज्ञान की शक्ति द्वारा मां शारदा व्यक्ति के जीवन को सफल बनाती हैं। सतना स्थित मैहर देवी मंदिर सड़क एवं रेलमार्ग द्वारा आसानी से पहुंचा जा सकता है, जबकि मंदिर के गर्भ–गृह तक पहुंचने के लिये भक्तों को लगभग 1001 सीढ़ियों की चढ़ाई करनी पड़ती है। मंदिर में देवी शारदा के साथ ही भगवान नरसिंह की मूर्ति भी सुशोभित है। इन मूर्तियों की स्थापना नुपुला देवा ने सन् 502 ईसा में किया था। यहां शिलालेख भी हैं, जिनमें से एक पर देवी सरस्वती के पुत्र दामोदर का चित्रण है, जिन्हें कलियुग का व्यास माना जाता है। मंदिर के समीप स्थित एक वृक्ष पर भक्तों द्वारा मन्नत–स्वरूप पवित्र धागा बांधा जाता है। प्रसिद्ध ऐतिहासिक पात्र आल्हा और ऊदल इसी पावन क्षेत्र से जुड़े थे। ये मां शारदा देवी के अनन्य भक्त थे। 12 वर्षों तक कठोर तप करके आल्हा ने यहीं पर मां शारदा देवी से अमरत्व प्राप्त किया था। मान्यता है कि आल्हा और ऊदल ही वह पहले व्यक्ति थे, जिन्होंने इस पवित्र देवी मंदिर का सर्वप्रथम भ्रमण किया था। इन्होंने शारदा देवी को शारदा माई पुकारा था। तभी से इस मंदिर को शारदा माई मंदिर भी कहा जाता है। यहां त्रिकूट पर्वत के निचले तल पर आल्हा नामक एक तालाब है, जो इन पात्रों का देवी शारदा के प्रति अटूट आस्था का साक्षात् प्रमाण है। आल्हा तालाब से 2 किमी0 की दूरी पर एक अखाड़ा भी है, जिसे आल्हा और ऊदल अखाड़ा कहा जाता है। इस मंदिर का रखरखाव एवं प्रबंधन मां शारदा प्रबंध समिति करती है, जिसका प्रमुख सतना जनपद का जिलाधीश होता है। सतना जनपद मध्य प्रदेश राज्य के मध्य–उत्तरी क्षेत्र के विंध्य पठारी भाग में स्थित है। यहां के अन्य दर्शनीय स्थलों में भरहुल (बौद्ध–संस्कृति का प्राचीन शहर), बीरसिंहपुर (शिव मंदिर) तथा रामवन (तुलसी संग्रहालय) प्रमुख हैं।

एक नजर में:

- **कैसे पहुंचें?:** जबलपुर एवं खजुराहो यहां के निकटतम हवाई–अड्डे हैं, जो मैहर से लगभग 160 किमी0 तथा 165 किमी0 दूर स्थित हैं। मैहर स्टेशन मुंबई–हावड़ा रेलमार्ग पर स्थित है, जहां कई रेलगाड़ियों का ठहराव होता है। मैहर देश के सभी प्रमुख शहरों से उत्कृष्ट सड़क परिवहन सेवा द्वारा जुड़ा है। यह सतना शहर से लगभग 42 किमी0, कटनी से लगभग 65 किमी0 तथा बांधवगढ़ से लगभग 145 किमी0 दूर स्थित है।

- **रहने योग्य स्थल:** मैहर स्थित विभिन्न होटल, आश्रम, गेस्ट हाउस, टूरिस्ट लॉज तथा धर्मशालायें इत्यादि।

- **अनुकूल मौसम:** गर्मी को छोड़कर बाकी के महीने विशेष रूप से नवरात्रि।

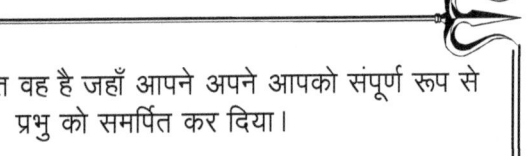

सबसे बड़ी इबादत वह है जहाँ आपने अपने आपको संपूर्ण रूप से प्रभु को समर्पित कर दिया।

(35) बक्रेश्वर (वक्रेश्वर) शक्तिपीठ

- **स्थान:** बक्रेश्वर (वक्रेश्वर), दुबराजपुर स्टेशन के समीप, जनपद–बीरभूम (जिला–मुख्यालय : सिउरी), पश्चिम बंगाल, भारत।

- **देवी सती का गिरा अंग या आभूषण:** भौहों के बीच का अंदरूनी हिस्सा (मानस या मस्तिष्क)।

यह शक्तिपीठ भारत के पश्चिम बंगाल राज्य के बीरभूम जिले के मुख्यालय सिउरी (सियुड़ी) से लगभग 24 किमी0 दूर बक्रेश्वर (वक्रेश्वर) नामक स्थान पर पापहारा नदी के किनारे स्थित है, जो दुबराजपुर रेलवे स्टेशन से लगभग 7 किमी0 दूर है।

"यहां देवी सती के भौहों के बीच का अंदरूनी हिस्सा (मानस या मस्तिष्क) गिरने की मान्यता है। देवी सती के गिरे अंग के स्थान पर निर्मित इस शक्तिपीठ की अधिष्ठात्री देवी को देवी महिषमर्दिनी के रूप में पूजा जाता है तथा देवी सती के साथ विराजमान भगवान शिव या भैरव भगवान वक्रनाथ के नाम से पूजे जाते हैं।"

बक्रेश्वर देवी महिषमर्दिनी के पावन शक्तिपीठ के साथ ही अपने गर्म जल–स्त्रोतों के लिये भी अत्यंत प्रसिद्ध है। इनमें पापहारा गंगा, बैतरणी गंगा, खार कुण्ड, भैरव कुण्ड, अग्नि कुण्ड, दूध कुण्ड, सूर्य कुण्ड, श्वेत कुण्ड, ब्रह्म कुण्ड तथा अमृत कुण्ड प्रमुख हैं। बक्रेश्वर शक्तिपीठ मंदिर ओडिशा राज्य की परंपरागत् कला–शैली का एक उत्कृष्ट उदाहरण है।

एक नजर में:

- **कैसे पहुंचें?**: कोलकाता यहां का निकटतम एयरपोर्ट जबकि दुबराजपुर निकटतम रेलवे स्टेशन है। बीरभूम का जिला–मुख्यालय सिउरी कोलकाता एवं पश्चिम बंगाल के अन्य शहरों से विभिन्न बस परिवहन सेवा द्वारा भलीप्रकार जुड़ा है, जहां से टैक्सी या बस द्वारा आप बक्रेश्वर स्थित शक्तिपीठ स्थल पहुंच सकते हैं।
- **रहने योग्य स्थल**: बीरभूम तथा दुबराजपुर स्थित विभिन्न होटल, गेस्ट हाउस एवं धर्मशालायें इत्यादि।
- **अनुकूल मौसम**: अक्टूबर से मार्च।

(36) विभास शक्तिपीठ

- **स्थान**: तामलुक, जनपद–मेदिनीपुर पूर्व (जिला–मुख्यालय : तामलुक), पश्चिम बंगाल, भारत।
- **देवी सती का गिरा अंग या आभूषण**: बायें टखने की हड्डी।

भारत के पश्चिम बंगाल प्रांत के मेदिनीपुर पूर्व जनपद के जिला–मुख्यालय तामलुक शहर में स्थित यह शक्तिपीठ अत्यंत प्राचीन है।

"यहां देवी सती के बायें टखने की हड्डी गिरने की मान्यता है। देवी सती के गिरे अंग के स्थान पर निर्मित इस शक्तिपीठ की अधिष्ठात्री देवी को देवी कपालि (देवी भीमरूपा) के नाम से पूजा जाता है तथा देवी सती के साथ विराजमान भगवान शिव या भैरव भगवान सर्वानंद के रूप में पूजे जाते हैं।"

तामलुक स्थित विभास शक्तिपीठ की अधिष्ठात्री देवी कपालि या भीमरूपा को स्थानीय लोगों द्वारा श्री बारघोभीमा देवी के नाम से भी पूजा जाता है।

एक नजर में:

- **कैसे पहुंचें?:** कोलकाता यहां का निकटतम एयरपोर्ट है, जहां से घरेलू एवं अंतर्राष्ट्रीय उड़ानें संचालित होती हैं। तामलुक यहां का निकटतम रेलवे स्टेशन है, जो हावड़ा जंक्शन से जुड़ा है। मेदिनीपुर पूर्व जनपद का जिला–मुख्यालय तामलुक कोलकाता एवं पश्चिम बंगाल के अन्य शहरों से उत्कृष्ट बस सेवा द्वारा जुड़ा है। तामलुक से बस या टैक्सी द्वारा आप विभास शक्तिपीठ स्थल आसानी से पहुंच सकते हैं।

- **रहने योग्य स्थल:** तामलुक स्थित विभिन्न होटल एवं गेस्ट हाउसेस इत्यादि।

- **अनुकूल मौसम:** अक्टूबर से मार्च।

ईश्वर से कुछ माँगने पर न मिले तो उससे नाराज न होना क्योंकि.. ईश्वर वह नहीं देता जो आपको अच्छा लगता है, बल्कि वह देता है जो आपके लिए अच्छा होता है।

(37) रत्नावली देवी शक्तिपीठ

- **स्थान:** खानाकुल, आरामबाग, जनपद–हुगली (जिला–मुख्यालय : चिंसुड़ा या चूंचूड़ा), पश्चिम बंगाल, भारत।

- **देवी सती का गिरा अंग या आभूषण:** दक्षिण स्कंध (दायां कंधा)।

यह प्रसिद्ध शक्तिपीठ भारत के पश्चिम बंगाल राज्य के हुगली जनपद (जिला–मुख्यालय : चिंसुड़ा या चूंचूड़ा) के आरामबाग विकासखण्ड के खानाकुल नामक स्थान पर रत्नाकर नदी के किनारे स्थित है।

"इस प्रसिद्ध तीर्थस्थल पर देवी सती के दक्षिण स्कंध (दायां कंधा या दाहिना कंधा) गिरने की मान्यता है। देवी सती के गिरे अंग के स्थान पर निर्मित इस शक्तिपीठ की अधिष्ठात्री देवी को देवी कुमारी केनाम से पूजा जाता है तथा देवी सती के साथ विराजमान भगवान शिव या भैरव भगवान शिवा के रूप में पूजे जाते हैं।"

स्थानीय लोगों में देवी कुमारी रत्नावली देवी के नाम से भी प्रसिद्ध हैं।

एक नजर में:

- **कैसे पहुंचें?**: कोलकाता यहां का निकटतम एयरपोर्ट है, जहां से घरेलू एवं अंतर्राष्ट्रीय उड़ानें संचालित होती हैं। चिंसुड़ा यहां का निकटतम रेलवे स्टेशन है, जो हावड़ा जंक्शन से जुड़ा है। हुगली जनपद का जिला–मुख्यालय चिंसुड़ा कोलकाता एवं पश्चिम बंगाल के अन्य शहरों से उत्कृष्ट बस सेवा द्वारा जुड़ा है। चिंसुड़ा से बस या टैक्सी द्वारा आप रत्नावली देवी शक्तिपीठ स्थल आसानी से पहुंच सकते हैं।
- **रहने योग्य स्थल**: हुगली तथा आरामबाग स्थित विभिन्न होटल एवं गेस्ट हाउसेस इत्यादि।
- **अनुकूल मौसम**: अक्टूबर से मार्च।

अन्य मान्यतानुसार:

- **देवीपाटन शक्तिपीठ**: यह शक्तिपीठ उत्तर प्रदेश राज्य के देवीपाटन मंडल (मंडल–मुख्यालय : गोण्डा) के अंतर्गत् बलरामपुर जनपद के तुलसीपुर नामक

स्थान में स्थित है। हिमालयी तराई क्षेत्र में स्थित देवी सती के 52 शक्तिपीठों में से एक यह शक्तिपीठ उत्तर प्रदेश के गोण्डा शहर से लगभग 70 किमी0 दूर जबकि बलरामपुर जनपदके तुलसीपुर कस्बे से महज 2 किमी0 दूर स्थित है। यहां देवी सती का दाहिना स्कंध गिरने की मान्यता है। देवी सती के गिरे अंग के स्थान पर निर्मित देवीपाटन के नाम से प्रसिद्ध इस शक्तिपीठ की अधिष्ठात्री देवी मां दुर्गा देवी के रूप में पूजी जाती हैं। इस शक्तिपीठ मंदिर की स्थापना नाथ संप्रदाय के महान संत गुरू गोरखनाथ ने किया था। मान्यता है कि वर्तमान देवीपाटन मंदिर को राजा विक्रमादित्य ने बनवाया जबकि इसका जीर्णोद्धार 11 वीं शताब्दी में श्रावस्ती के राजा सुहेल देव द्वारा करवाया गया है। वर्तमान में इस मंदिर का रखरखाव और प्रबधन बलरामपुर रियासत के शाही परिवार के हाथों में है। नवरात्रि के दिनों में यहां एक विशाल मेला लगता है, जबकि चैत्र पंचमी के दिन नेपाल के दैंग से पीर रतन नाथ के अधिष्ठात्र देव को देवीपाटन मंदिर लाया जाता है, जहां देवीपाटन मंदिर की अधिष्ठात्री देवी के साथ इनकी आराधना होती है, जिसमें बड़ी संख्या में श्रद्धालु हिस्सा लेते हैं। देवीपाटन मंदिर से थोड़ी दूर हिमालयी तराई क्षेत्र में ही ***उत्तर प्रदेश राज्य के महाराजगंज जनपद स्थित लेहड़ा दुर्गा मंदिर*** को भी स्थानीय लोगों द्वारा एक सिद्धपीठ के रूप में पूजा जाता है। ***मां लेहड़ा देवी मंदिर*** के नाम से विख्यात् यह सिद्ध मंदिर देवी दुर्गा के प्रसिद्ध मंदिरों में से एक है, जिसे उत्तर प्रदेश के पूर्वाचल क्षेत्र में विशेष रूप से पूजा जाता है। मान्यता है कि सच्चे मन से मांगी गई मुराद यहां अवश्य ही पूरी होती है। यही कारण है कि पूर्वाचल के साथ ही बिहार राज्य एवं पड़ोसी नेपाल देश से भी बड़ी संख्या में श्रद्धालु मां लेहड़ा का पवित्र दर्शन करने के लिये सहज ही उमड़ पड़ते हैं। लेहड़ा दुर्गा मंदिर भारत के उत्तर प्रदेश राज्य के गोरखपुर मंडल के अंतर्गत् महाराजगंज जनपद के फरेन्दा कस्बे (आनंदनगर) के समीप लेहड़ा रेलवे स्टेशन से लगभग 3 किमी0 दूर पवहा नदी (राप्ती नदी की एक सहायक नदी) के नजदीक स्थित है। मान्यता है कि यह मंदिर द्वापर युग (महाभारत से पूर्व) का स्थापित है, जिसे पाण्डवों के अज्ञातवास के दौरान इनकी उपस्थिति में भगवान श्रीकृष्ण ने स्वयं प्रतिष्ठित किया था। पूर्व में यह स्थल आद्र नामक एक वन (वर्तमान में आद्रवन गांव) में स्थित था। यह पवित्र स्थल सड़क एवं रेलमार्ग द्वारा भलीप्रकार जुड़ा है। उत्तर प्रदेश के महाराजगंज जनपद का जिला–मुख्यालय महाराजगंज (महराजगंज), जो गोरखपुर शहर से लगभग 49 किमी0 दूर है, से यह स्थल करीब 50 किमी0 की दूरी पर स्थित है। वहीं यह स्थल महाराजगंज जनपद के फरेन्दा कस्बे (आनंदनगर) से लगभग 12 किमी0 दूर स्थित है। गोरखपुर–सोनौली राजमार्ग से जुड़ा यह पवित्र स्थल गोरखपुर शहर से मात्र 50 किमी0 की दूरी पर स्थित है, जहां सामान्यतया भक्तों की भीड़ रोजाना

ही लगी रहती है, लेकिन मंगलवार के दिन यहां श्रद्धालुओं का धार्मिक उल्लास देखते ही बनता है। हर वर्ष चैत्र नवरात्रि में 15 दिनों तक यहां एक विशेष आयोजन होता है, जो नवरात्रि के प्रथम दिन से पूर्णिमा के दिन तक मनाया जाता है, जिसमें भक्तों का धार्मिक उत्साह अपने चरम पर होता है।

एक नजर में:

- **कैसे पहुंचें?**: लखनऊ का अमौसी एयरपोर्ट (चौधरी चरण सिंह हवाई–अड्डा) यहां का निकटतम हवाई–अड्डा है, जहां से देश के सभी प्रमुख शहरों के लिये बड़े पैमाने पर उड़ानें उपलब्ध हैं। पूर्वोत्तर रेलवे में पड़ने वाला गोण्डा जंक्शन यहां का निकटतम प्रमुख रेलवे स्टेशन है। गोण्डा से बलरामपुर जनपद स्थित तुलसीपुर के लिये पैसेंजर टेन भी गुजरती है। बलरामपुर के लिये गोण्डा, लखनऊ, गोरखपुर, कानपुर, इलाहाबाद, वाराणसी तथा सोनौली बार्डर (महाराजगंज जनपद स्थित) से बड़े पैमाने पर बसों एवं टैक्सी द्वारा आप देवीपाटन शक्तिपीठ स्थल आसानी से पहुंच सकते हैं।
- **रहने योग्य स्थल**: बलरामपुर तथा तुलसीपुर स्थित विभिन्न होटल एवं गेस्ट हाउस, आश्रम, टूरिस्ट लॉज एवं धर्मशालायें इत्यादि।
- **अनुकूल मौसम**: वर्ष भर परन्तु विशेष कर शारदीय एवं वासन्ती नवरात्र का समय।

(38) त्रिसरोटा देवी शक्तिपीठ

- **स्थान**: सलबारी गांव, विकासखण्ड–बोडा, जनपद–जलपाईगुड़ी, पश्चिम बंगाल, भारत।
- **देवी सती का गिरा अंग या आभूषण**: बायां पैर।

भारत के पश्चिम बंगाल राज्य के जलपाईगुड़ी जनपद के बोडा विकासखण्ड के सलबारी गांव में स्थित माना जाने वाला यह शक्तिपीठ 52 शक्तिपीठों में से एक है। यहां देवी सती का बायां पैर गिरने की मान्यता है।

"इस शक्तिपीठ की अधिष्ठात्री देवी को देवी भ्रामरी के नाम से पूजा जाता है तथा देवी सती के साथ विराजमान भगवान शिव या भैरव भगवान अम्बर (ईश्वर) के रूप में पूजे जाते हैं। देवी भ्रामरी स्थानीय लोगों में त्रिसरोटा देवी के नाम से भी प्रसिद्ध हैं। इसी कारण इस शक्तिपीठ को त्रिसरोटा देवी शक्तिपीठ कहते हैं। कुछ जानकार जलपाईगुड़ी जनपद स्थित जोगमाया कालीबाड़ी मंदिर को एक शक्तिपीठ के रूप में पूजे जाने की बात स्वीकार करते हैं। देवी काली को समर्पित यह मंदिर अत्यंत प्रसिद्ध है, जहां बाबा लोकनाथ का मंदिर भी अवस्थित है।"

इस कड़ी में यहां का **पहाड़पुर काली मंदिर** भी अत्यंत महत्वपूर्ण है, जिसके प्रति भी स्थानीय लोगों के मन में असीम आस्था विद्यमान है।

एक नजर में:

- **कैसे पहुंचें?**: पश्चिम बंगाल के सिलीगुड़ी शहर से लगभग 14 किमी0 दूर स्थित बागडोगरा यहां का निकटतम हवाई–अड्डा है, जहां से कोलकाता, दिल्ली और गुवाहाटी के लिये नियमित उड़ानें उपलब्ध हैं। सिलीगुड़ी स्टेशन से लगभग 8 किमी0 दूर स्थित न्यू–जलपाईगुड़ी यहां का निकटतम रेलवे स्टेशन है, जो भारत के सभी महत्वपूर्ण शहरों से रेल सेवा द्वारा जुड़ा है। तेनजिंग नारगे रोड से जुड़े न्यू–जलपाईगुड़ी तथा सिलीगुड़ी शहर पश्चिम बंगाल की राजधानी कोलकाता सहित अन्य शहरों तथा बिहार, झारखण्ड, असोम (असम) के प्रमुख शहरों से उत्कृष्ट सड़क परिवहन सेवा द्वारा भलीप्रकार जुड़े हुये हैं।
- **रहने योग्य स्थल**: जलपाईगुड़ी तथा बोडा स्थित विभिन्न होटल, गेस्ट हाउस एवं टूरिस्ट लॉज।
- **अनुकूल मौसम**: मार्च से मई तथा अक्टूबर से दिसम्बर के बीच का समय।

अन्य मान्यतानुसार:

- **पुरूषोत्तम क्षेत्र शक्तिपीठ**: *(इसका वर्णन पूर्व पृष्ठों में उल्लिखित है)*

जो व्यवहार आपको दूसरों से पसंद न हो, ऐसा व्यवहार आप दूसरों के साथ भी न करे।

(39) किरीट विमला देवी शक्तिपीठ

- **स्थान**: किरीटकोण गांव, लालबाग कोर्ट रोड, जनपद–मुर्शिदाबाद (जिला–मुख्यालय : बहरामपुर), पश्चिम बंगाल, भारत।
- **देवी सती का गिरा अंग या आभूषण**: किरीट (मुकुट)।

यह प्रसिद्ध शक्तिपीठ भारत के पश्चिम बंगाल राज्य के मुर्शिदाबाद जनपद (जिला–मुख्यालय: बहरामपुर) के लालबाग कोर्ट रोड के समीन किरीटकोण गांव में भागीरथी नदी के पश्चिमी किनारे पर स्थित है। यहां देवी सती के किरीट (मुकुट) गिरने की मान्यता है।

"देवी सती के गिरे आभूषण के स्थान पर निर्मित इस शक्तिपीठ की अधिष्ठात्री देवी को देवी विमला (देवी भुवनेशी) के नाम से पूजा जाता है तथा देवी सती के साथ विराजमान भगवान शिव या भैरव भगवान संवर्त (भगवान सिद्धरूप) के रूप में पूजे जाते हैं। किरीट विमला देवी शक्तिपीठ की अधिष्ठात्री देवी विमला को स्थानीय लोग किरीटेश्वरी देवी के नाम से भी पूजते हैं। हर वर्ष दिसम्बर–जनवरी के महीने में प्रत्येक मंगलवार एवं शनिवार के दिन यहां एक विशाल मेला लगता है,, जिसमें दूर–दूर से श्रद्धालु भाग लेते हैं।"

एक नजर में:

- **कैसे पहुंचें?**: मुर्शिदाबाद से लगभग 182 किमी0 दूर स्थित कोलकाता यहां का निकटतम एयरपोर्ट है। बहरामपुर कोर्ट यहां का निकटतम रेलवे स्टेशन है, जो कोलकाता से जुड़ा हुआ है, जहां पहुंचने में लगभग 6 घंटे का समय लगता है।

मुर्शिदाबाद जनपद के जिला–मुख्यालय बहरामपुर के लिये कोलकाता से बड़े पैमाने पर विभिन्न बसें संचालित होती हैं। देश के सभी प्रमुख शहरों से उत्कृष्ट सड़क परिवहन सेवा द्वारा बहरामपुर आसानी से पहुंचा जा सकता है। बहरामपुर से बस या टैक्सी द्वारा आप किरीट विमला देवी मंदिर पहुंच सकते हैं।

- **रहने योग्य स्थल**: मुर्शिदाबाद तथा लालबाग कोर्ट रोड स्थित विभिन्न होटल, गेस्ट हाउस, टूरिस्ट लॉज एवं धर्मशालायें।
- **अनुकूल मौसम**: अक्टूबर से मार्च।

अन्य मान्यतानुसार:

- **किरीट कमला देवी शक्तिपीठ**: यह शक्तिपीठ बांग्ला देश के सिलहट प्रशासनिक प्रभाग (विभाग) के अंतर्गत् सिलहट जनपद के इलाहीगंज उपजिला के बटनगर नामक स्थान पर स्थित माना जाता है।

एक नजर में:

- **कैसे पहुंचें?**: सिलहट यहां का निकटतम एयरपोर्ट है, जहां से बांग्ला देश की राजधानी ढ़ाका के लिये उड़ानें उपलब्ध हैं। सिलहट यहां का निकटतम प्रमुख रेलवे स्टेशन है, जो ढ़ाका के साथ उत्कृष्ट रेल सेवा द्वारा जुड़ा है। बस सेवा द्वारा सिलहट ढ़ाका एवं बांग्ला देश के अन्य सभी प्रमुख शहरों से अच्छी तरह जुड़ा हुआ है, जहां से टैक्सी या बस द्वारा आप किरीट कमला देवी शक्तिपीठ स्थल पहुंच सकते हैं।
- **रहने योग्य स्थल**: सिलहट तथा इलाहीगंज स्थित विभिन्न होटल, गेस्ट हाउस एवं सराय–गृह।
- **अनुकूल मौसम**: मानसून को छोड़कर वर्ष भर।

(40) कालिका देवी शक्तिपीठ

- **स्थान**: कालीघाट, कोलकाता, पश्चिम बंगाल, भारत।
- **देवी सती का गिरा अंग या आभूषण**: अंगूठा छोड़कर दाहिने पैर की 4 अंगुलियां।

यह प्रसिद्ध शक्तिपीठ भारत के पश्चिम बंगाल राज्य की राजधानी कोलकाता के कालीघाट नामक स्थान पर आदि गंगा नदी के किनारे स्थित है, जो देवी काली को समर्पित है। यहां देवी सती के दाहिने पैर की 4 अंगुलियां (अंगूठा छोड़कर) गिरने की मान्यता है।

"देवी सती के गिरे अंग के स्थान पर निर्मित इस शक्तिपीठ की अधिष्ठात्री देवी को देवी काली के रूप में पूजा जाता है तथा देवी सती के साथ विराजमान

भगवान शिव या भैरव भगवान नकुलेश के नाम से पूजे जाते हैं। भयावह स्वरूप में चित्रित देवी काली मनवांछित फल देने वाली देवी हैं, जो भक्तों पर बहुत जल्द प्रसन्न हो जाती हैं। देवी काली कोलकाता शहर की अधिष्ठात्री देवी हैं, जहां स्थित कालीघाट हिंदुओं का एक प्रसिद्ध तीर्थस्थल है। यहां की चहल–पहल अत्यंत दर्शनीय होती है।"

जनश्रुति है कि एक बार किसी श्रद्धालु ने भागीरथी नदी से निकलती हुई एक दिव्य रोशनी का पीछा किया, जहां उसे पैर की अंगुलियों की आकृति के समान एक शिला तथा इसके समीप ही नकुलेश्वर भैरव के रूप में स्वयंभू (स्वयं निर्मित) शिवलिंग मिला। भक्त ने इसे आदि गंगा नदी के किनारे स्थित जंगल में बने एक छोटे मंदिर में प्रतिस्थापित किया और पूजा करने लगा। कालांतर में इस मंदिर की लोकप्रियता निरंतर बढ़ती गई और बाद में यह मंदिर कालीघाट की देवी काली (देवी कालिका) के रूप में प्रसिद्ध हुआ। वर्तमान में स्थित देवी काली का यह पावन मंदिर लगभग 200 वर्ष पुराना है। इसे बरीशा के राजा सवर्णा राय चौधरी ने सन् 1809 में बनवाया था। मुख्य मंदिर में स्थित देवी काली की मूर्ति अपूर्ण प्रतीत होती है। इस मूर्ति में देवी काली का चेहरा, जिह्वा (जीभ) तथा हाथ स्वर्ण एवं चांदी से बने हैं। दुर्गा पूजा, पोइला बोइसाख, बंगाली नववर्ष तथा मकर संक्रान्ति के अवसर पर यहां बड़ी संख्या में दूर–दूर से श्रद्धालु जमा होते हैं।

एक नजर में:

- **कैसे पहुंचें?:** कोलकाता शहर स्थित नेताजी सुभाष चंद्र बोस अंतर्राष्ट्रीय एयरपोर्ट यहां का निकटतम हवाई–अड्डा है। देश के सभी प्रमुख शहरों से उत्कृष्ट रेल सेवा द्वारा जुड़ा हावड़ा जंक्शन यहां का निकटतम रेलवे स्टेशन है, जबकि सियालदह अन्य निकटतम रेलवे स्टेशन तथा कालीघाट निकटतम मेट्रो स्टेशन है। कोलकाता

शहर देश के सभी प्रमुख शहरों से विभिन्न राष्ट्रीय राजमार्गों द्वारा जुड़ा है। ट्रॉम कार, टैक्सी एवं रिक्शे द्वारा आप कोलकाता शहर स्थित कालीघाट शक्तिपीठ स्थल आसानी से पहुंच सकते हैं।

- **रहने योग्य स्थल**: कोलकाता स्थित विभिन्न लग्जरी एवं बजटेड होटल, गेस्ट हाउस, आश्रम, धर्मशालायें, टूरिस्ट लॉज एवं सराय–गृह इत्यादि।
- **अनुकूल मौसम**: अक्टूबर से मार्च विशेष कर दुर्गा एवं काली पूजा के अवसर पर।

जब हम अपनी देखभाल प्रभु के हाथों में सौंप देते हैं, तो प्रभु अपना सुकून हमारे हृदय को प्रदान करते हैं।

(41) इंद्राक्षी देवी शक्तिपीठ

- **स्थान**: नैनातिवु द्वीप, जनपद–जाफना (याज्हपानम), उत्तरी प्रांत, श्रीलंका।
- **देवी सती का गिरा अंग या आभूषण**: नूपुर।

यह पावन शक्तिपीठ श्रीलंका के उत्तरी प्रांत की राजधानी जाफना (याज्हपानम) जनपद से कुछ दूर नैनातिवु नामक द्वीप पर स्थित है, जो तमिल ईलम समुदाय का इस देश में स्थित एकमात्र शक्तिपीठ मंदिर है। यहां देवी सती के नूपुर गिरने की मान्यता है। देवी सती के गिरे आभूषण के स्थान पर निर्मित इस शक्तिपीठ मंदिर की अधिष्ठात्री देवी को देवी इंद्राक्षी या नागापूशनी के नाम से पूजा जाता है तथा देवी सती के साथ विराजमान भगवान शिव या भैरव

भगवान रक्षेश्वर या नायंनार के रूप में पूजे जाते हैं। हिंदुओं के आस्था का एक प्रमुख केंद्र रहा यह शक्तिपीठ ***श्री नैनई नागापूशनी अम्मा कोविल मंदिर*** के रूप में प्रसिद्ध है, जो श्रीलंका के अति प्राचीन एवं सुंदर मंदिरों में से एक है। इसकी स्थापत्य–कला दर्शनीय है।

> ***"जाफना प्रायद्वीप के नैनातिवु नामक द्वीप पर स्थित यह शक्तिपीठ मंदिर तमिल हिंदुओं की आस्था का एक महत्वपूर्ण केंद्र है। नैनातिवु द्वीप हिंदू, बौद्ध, ईसाई और इस्लाम धर्म का भी एक प्रमुख केंद्र है। मंदिर के गर्भ–गृह में प्रतिस्थापित कोविल की मां देवी नागापूशनी अम्मा की पूजा–अर्चना परंपरागत् तौर–तरीकों से संपन्न होती है। मान्यता है कि यह प्राचीन मंदिर भगवान बुद्ध के जन्म के कई वर्षों पूर्व नाग वंशीय समुदाय द्वारा बनवाया गया है। मूलतः यह मंदिर नाग वंश के कुल सर्पदेवता नायंनार को समर्पित है, जो भगवान भैरव के प्रतीक हैं।"***

गर्भ–गृह में पंचमुखी नाग की पत्थर की बनी एक प्रतिमा को पूजा जाता है। यह मंदिर जाफना शहर के दक्षिण–पश्चिम में लगभग 25 मील की दूरी पर स्थित है, जहां श्रीलंका नौसेना के तत्वावधान् में मनाये जाने वाले प्रसिद्ध श्री नागापूशनी अम्मा कोविल उत्सव में लाखों हिंदू श्रद्धालु भाग लेते हैं। मंदिर के समीप ही नागदीप विहार नामक एक प्रसिद्ध दर्शनीय बौद्ध मंदिर भी स्थित है।

एक नजर में:

- **कैसे पहुंचें?**: जाफना यहां का निकटतम एयरपोर्ट है, जो श्रीलंका की राजधानी कोलंबो से कई उड़ानों द्वारा जुड़ा है। जाफना स्टेशन यहां का निकटतम रेलवे स्टेशन है, जो श्रीलंका के प्रमुख स्टेशनों से जुड़ा है। श्रीलंका सेण्ट्रल ट्रांसपोर्ट बोर्ड द्वारा संचालित बस सेवा द्वारा जाफना शहर श्रीलंका के सभी प्रमुख शहरों से भली प्रकार जुड़ा है।
- **रहने योग्य स्थल**: जाफना स्थित विभिन्न होटल, गेस्ट हाउस, मठ एवं टूरिस्ट लॉज इत्यादि।
- **अनुकूल मौसम**: मानसून छोड़कर वर्ष भर।

(42) दक्षयानी देवी मानस शक्तिपीठ

- **स्थान**: माउण्ट कैलाश पर्वत के निचले पहाड़ी तल पर स्थित मान सरोवर झील का छोर, तिब्बत (चीन)।
- **देवी सती का गिरा अंग या आभूषण**: दक्षिण–हस्त (दाहिनी भुजा)।

यह प्राचीन शक्तिपीठ चीन देश के स्वायत्तशासी क्षेत्र तिब्बत में माउण्ट कैलाश पर्वत के निचले पहाड़ी तल पर प्रसिद्ध मान सरोवर झील के किनारे एक शिला के रूप में स्थित है। यहां

देवी सती की दाहिनी भुजा (दक्षिण–हस्त) गिरने की मान्यता है। देवी सती के गिरे अंग के स्थान पर निर्मित इस शक्तिपीठ की अधिष्ठात्री देवी को देवी दक्षयानी के नाम से पूजा जाता है तथा देवी सती के साथ विराजमान भगवान शिव या भैरव भगवान अमारा या हर के रूप में पूजे जाते हैं। देवी दक्षयानी देवी सती का ही एक अन्य नाम है। देवी का यह नाम परमपिता ब्रम्हा के मानस पुत्र दक्ष प्रजापति की पुत्री होने के कारण पड़ा है।

"पुराणों के अनुसार सृष्टि के रचयिता ब्रम्हा का निवास–स्थल ब्रम्हलोक, पालनकर्ता भगवान विष्णु का निवास–स्थल बैकुण्ठ तथा संहारकर्ता भगवान महेश (भगवान शिव) का निवास–स्थल कैलाश कहलाता है। कैलाश पर्वत और इसके निचले पहाड़ी तल पर स्थित मान सरोवर झील तिब्बती हिमालय के पश्चिमी हिस्से में विराजमान है। हिंदू मान्यतानुसार मान सरोवर झील ही देवी पार्वती का स्वरूप है। इसी कारण कहा जाता है कि इस पवित्र झील में स्नान करने से भक्तों को मोक्ष की प्राप्ति होती है। साथ ही इस झील का जल इतना पवित्र है कि इसे पीने वाले व्यक्ति के हजारों जन्मों के पाप स्वतः ही धुल जाते हैं। मान्यता है कि सुबह 3–5 बजे अर्थात् ब्रम्ह मुहूर्त में सभी देवता यहां स्नान करने आते हैं।"

मान सरोवर शब्द संस्कृत भाषा के मानस शब्द से लिया गया है, जिसका अर्थ है मस्तिष्क, जिसके बारे में विभिन्न जानकारों का मानना है कि इस पवित्र झील का निर्माण स्वयं भगवान ब्रम्हा जी ने अपने मस्तिष्क से किया है। कुछ जानकारों के अनुसार मान सरोवर झील के किनारे स्थित एक पहाड़ी पर ही भगवान विष्णु के अवतार भगवान परशुराम का आश्रम होने की बात भी कही जाती है। कैलाश मान सरोवर हिंदुओं के साथ ही बौद्ध, जैन एवं तिब्बतियों में भी समान रूप से पूजनीय है। मान सरोवर के पश्चिम में एक और झील है, जिसे राक्षस ताल या रावण कुण्ड कहते हैं। मान सरोवर एवं रावण कुण्ड के बीच की दूरी लगभग 10 किमी0 है।

गंगा–चु नामक एक प्राकृतिक नहर इन दोनों झीलों को आपस में जोड़ती है, जबकि दोलमा दर्रे के समीप स्थित गौरी कुण्ड नामक एक अन्य झील माउण्ट कैलाश पर्वतीय–मार्ग का सबसे ऊंचा चढ़ाई–स्थल है, जिसके आस–पास का नजारा अत्यंत मनोहारी एवं अद्भुत है। दक्षयानी देवी मानस शक्तिपीठ से युक्त मान सरोवर वह दिव्य स्थल है, जहां एशिया महाद्वीप की 4 पवित्र नदियों– ब्रम्हपुत्र, करनाली (नेपाल), सिंधु और सतलज का उद्गम स्त्रोत स्थित है। यही कारण है कि दुर्गम स्थल पर स्थित होने के बावजूद भी यहां दूर–दूर से श्रद्धालु जमा होते हैं तथा देवी दक्षयानी की पूजा कर इच्छित वर प्राप्त करते हैं।

एक नजर में:

- **कैसे पहुंचें?:** कैलाश मान सरोवर के लिये भारत सरकार विशेष यात्रा प्रबंध करती है, जिसका प्रस्तावित मार्ग जौलजीबी–तावाघाट से होते हुये दिल्ली से गजरौला–काठगोदाम–नैनीताल–भोवाली–अल्मोड़ा–कौसानी–बागेश्वर– चौवाकरी–दीदीहाट–धारचूला है जबकि चढ़ाई मार्ग तावाघाट से थानीदार–पांगु–सोसा–नारायण आश्रम–सिरखा–रंगलिंग टॉप–सिमखोला–गाला–जीप्ति–माल्पा–गुधी–गुजी–गरभायंग –कालापानी–अविधाग–लीपू लेख दर्रा–पाला और तकलाकोट है।
- **रहने योग्य स्थल:** यात्रा–मार्ग में विभिन्न आधार–शिविर।
- **अनुकूल मौसम:** मई से अक्टूबर।

अन्य मान्यतानुसार:

- **चत्ताल भवानी शक्तिपीठ:** *(इसका वर्णन पूर्व पृष्ठों में उल्लिखित है)*
- **एकवेणिका देवी महुर शक्तिपीठ:** यह शक्तिपीठ भारत के महाराष्ट्र राज्य के नांदेड़ जनपद के मत्रुपट्टिनम (महुरगढ़) नामक स्थान, जो महुर नाम से प्रसिद्ध है, में स्थित है। कुछ जानकारों के अनुसार इसे पंचसागर शक्तिपीठ भी माना जाता है, जहां देवी सती की अधो दंत पंक्ति वाला हिस्सा या निचला जबड़ा गिरने की मान्यता है। देवी सती की गिरी दाहिनी भुजा के स्थान के स्थान पर बना यह शक्तिपीठ मंदिर **रेणुका देवी मंदिर** के नाम से भी प्रसिद्ध है, जिसकी अधिष्ठात्री देवी को देवी एकवेणिका या देवी रेणुका के नाम से पूजा जाता है। महुरगढ़ हिंदुओं का एक महत्वपूर्ण तीर्थस्थल है, जो महाराष्ट्र के तीसरे शक्तिपीठ के रूप में जाना जाता है। *रेणुका देवी मंदिर के रूप में विख्यात् महुर शक्तिपीठ* नांदेड़ जनपद के महुर नामक गांव से लगभग 2.5 किमी0 दूर एक पहाड़ी पर स्थित है। मान्यता है कि इस मंदिर को देवगिरि के यादव वंश के एक राजा ने सौ से भी अधिक वर्षों पूर्व बनवाया था। यहां 2 पहाड़ियों के बीच में एक महल भी स्थित है, जो एक दर्शनीय–स्थल है। इसके अतिरिक्त यहां का अनसूया मंदिर एवं कालिका देवी मंदिर भी स्थानीय लोगों के बीच श्रद्धा का महत्वपूर्ण केंद्र है।

एक नजर में:

- **कैसे पहुंचें?**: औरंगाबाद एवं हैदराबाद यहां के निकटतम हवाई–अड्डे हैं, जो नांदेड़ शहर से लगभग 260 किमी0 एवं 270 किमी0 दूर स्थित हैं। नांदेड़ स्टेशन मुंबई, पुणे, बेंगलूर, दिल्ली, अमृतसर, भोपाल, इंदौर, आगरा, हैदराबाद, जयपुर, अजमेर, औरंगाबाद एवं नासिक रोड रेलवे स्टेशनों से उत्कृष्ट रेल सेवा द्वारा जुड़ा है। मुंबई से लगभग 595 किमी0, पुणे से लगभग 458 किमी0 तथा उस्मानाबाद से लगभग 216 किमी0 दूर स्थित नांदेड़ शहर में सड़क यातायात साधनों की अच्छी–खासी सुविधा है। देश के सभी प्रमुख शहरों से नांदेड़ पहुंचा जा सकता है। नांदेड़ शहर से टैक्सी द्वारा आप महुर शक्तिपीठ आसानी से पहुंच सकते हैं।
- **रहने योग्य स्थल**: नांदेड़ तथा महुर स्थित विभिन्न होटल, गेस्ट हाउस, मठ, धर्मशालायें एवं टूरिस्ट लॉज इत्यादि।
- **अनुकूल मौसम**: वर्ष भर।

> उस व्यक्ति ने अमरत्व प्राप्त कर लिया है, जो किसी सांसारिक वस्तु से व्याकुल नहीं होता।
>
> **– स्वामी विवेकानंद**

(43) गण्डकी देवी शक्तिपीठ

- **स्थान**: मुक्तिनाथ, जनपद–मुस्तैंग (जिला–मुख्यालय: जोमसोम), धवलागिरि मण्डल, नेपाल।
- **देवी सती का गिरा अंग या आभूषण**: कनपटी।

यह शक्तिपीठ नेपाल देश के धवलागिरि मण्डल के मुस्तैंग जनपद (जिला–मुख्यालय : जोमसोम) के मुक्तिनाथ नामक स्थान पर बने प्रसिद्ध मुक्तिनाथ मंदिर के पीछे गण्डकी नदी के किनारे स्थित है। यह प्रसिद्ध शक्तिपीठ नेपाल के पश्चिमी क्षेत्र में बसे गण्डकी मण्डल के मुख्यालय पोखरा (जनपद : कासकी) से लगभग 125 किमी0 दूर स्थित है। यहां बहने वाली पवित्र गण्डकी नदी को नेपाल में काली गण्डक तथा भारत में नारायणी के नाम से जाना जाता है। वास्तव में गण्डकी नदी 7 नदियों – काली गण्डक, त्रिशूली, बूढ़ी गण्डक, मारस्यांगडी, मादी, सेतिगण्डक और दरौदी के संगम से बनी है, जिसके पावन तट पर ही देवी सती की कनपटी गिरने की मान्यता है।

"देवी सती के गिरे अंग के स्थान पर निर्मित इस शक्तिपीठ की अधिष्ठात्री देवी को देवी गण्डकी (देवी चण्डी) के नाम से पूजा जाता है तथा देवी सती के साथ विराजमान भगवान शिव या भैरव भगवान चक्रपाणि के रूप में पूजे जाते हैं। थोरोंग–ला पहाड़ी दर्रे के निचले भाग में स्थित तथा स्थानीय रूप से सालिग्राम के नाम से प्रसिद्ध मुक्तिनाथ नामक स्थान को हिंदू धर्मावलंबी मुक्ति क्षेत्र भी कहते हैं। यहां स्थित प्रसिद्ध मुक्तिनाथ मंदिर के पीछे ही गण्डकी देवी का यह पावन मंदिर विराजमान है।"

यह शक्तिपीठ मंदिर नेपाल के अति प्रसिद्ध मंदिरों में से एक है, जहां चैत्र और आश्विन नवरात्रों में भक्तों का धार्मिक उत्साह हृदय को छू जाता है।

एक नजर में:

- **कैसे पहुंचें?:** मध्य–पश्चिम नेपाल के मुस्तैंग जनपद का जिला–मुख्यालय जोमसोम यहां का निकटतम एयरपोर्ट है, जो नेपाल देश की राजधानी काठमाण्डू से वायु–सेवा द्वारा जुड़ा है। साथ ही जोमसोम से लगभग 125 किमी0 दूर स्थित पोखरा यहां का निकटतम प्रमुख एयरपोर्ट होने के साथ ही महत्वपूर्ण बस स्टेशन भी है, जहां से जोमसोम आसानी से पहुंचा जा सकता है। जोमसोम से चढ़ाई–मार्ग द्वारा लगभग 18 किमी0 दूर स्थित गण्डकी देवी शक्तिपीठ स्थल का पावन दर्शन किया जा सकता है।
- **रहने योग्य स्थल:** मुक्तिनाथ स्थित विभिन्न होटल, धर्मशालायें एवं टूरिस्ट लॉज इत्यादि।
- **अनुकूल मौसम:** गर्मी का मौसम।

(44) महामाया गुह्येश्वरी (गुह्यकेसरी) देवी शक्तिपीठ

- **स्थान**: पशुपतिनाथ मंदिर के निकट, काठमाण्डू, बागमती मण्डल, नेपाल।
- **देवी सती का गिरा अंग या आभूषण**: दोनों घुटने। (अन्य मान्यतानुसार : योनि या गुह्य)

यह शक्तिपीठ नेपाल की राजधानी काठमाण्डू के विश्वप्रसिद्ध पशुपतिनाथ मंदिर के अत्यंत समीप स्थित है। यहां देवी सती के दोनों घुटने गिरने की मान्यता है। कुछ जानकारों के अनुसार यहां देवी सती का गुह्य (योनि) गिरने की बात भी कही जाती है, हालांकि देवी सती का योनि भारत के असोम (असम) राज्य के गुवाहाटी शहर के नजदीक कामाख्या नामक स्थान पर नीलांचल पहाड़ी पर गिरने की व्यापक मान्यता है, जिसे कामरूप देश के नाम से जाना जाता है। पशुपतिनाथ मंदिर के समीप देवी सती के गिरे अंग के स्थान पर निर्मित इस शक्तिपीठ की अधिष्ठात्री देवी को देवी महामाया के नाम से पूजा जाता है तथा देवी सती के साथ विराजमान भगवान शिव या भैरव भगवान कपालि के रूप में पूजे जाते हैं। स्थानीय लोगों में देवी महामाया देवी गुह्येश्वरी (देवी गुह्यकेसरी) के नाम से भी प्रसिद्ध हैं। बागमती नदी के निकट स्थित गुह्येश्वरी देवी मंदिर हिंदुओं के सबसे पवित्र तीर्थस्थलों में से एक हैं। नेपाल के परम–पूज्य मंदिरों में से एक यह मंदिर प्रसिद्ध पशुपतिनाथ मंदिर के निकट स्थित है। गुह्येश्वरी देवी नारी शक्ति का दिव्य स्वरूप हैं, जिनकी साधना के लिये प्रतिष्ठित गुह्येश्वरी देवी मंदिर देवी पार्वती को समर्पित है। इस मंदिर की वास्तुकला अत्यंत सरल है, हालांकि मंदिर का गर्भ–गृह रंगीन पुष्प–गुच्छों से सजा हुआ अत्यंत भव्य दिखाई पड़ता है।

"गुह्येश्वरी देवी मंदिर का नाम गुह्य अर्थात् योनि तथा ईश्वरी अर्थात् देवी से पड़ा है। यह मंदिर नर एवं नारी की सृष्टिरूपी शक्ति के एकाकार का प्रतीक है,

जिसके गर्भ–गृह में केवल हिंदुओं का प्रवेश ही मान्य है। गुह्येश्वरी देवी मंदिर के समीप स्थित पशुपतिनाथ मंदिर हिंदुओं के सबसे पवित्र तीर्थस्थलों और भारतीय उप–महाद्वीप के सबसे प्रमुख शिव–स्थलों में से एक है, जहां बागमती नदी से लगे हुये बहुत सारे मंदिर, आश्रम, प्रतिमायें और अति प्राचीन शिलालेखों का संग्रह विद्यमान है।"

पशुपतिनाथ मंदिर वास्तव में बागमती नदी के किनारे काठमाण्डू के उत्तर–पश्चिम में 3 किमी0 दूर देवपाटन नामक स्थान पर स्थित है, जो पशुओं के भगवान अर्थात् पशुपतिनाथ को समर्पित है, जिन्हें भगवान शिव का ही एक अन्य स्वरूप माना जाता है। पशुपतिनाथ मंदिर देवपाटन कस्बे के मध्य में एक खुले आंगन के रूप में बना है, जो काठमाण्डू के अति प्राचीन मंदिरों में से एक है। यह मंदिर भूमि से 23.6 मी0 ऊंचे पत्थर पर स्थित एक वर्गाकार उत्कृष्ट पगोडा के रूप में विराजमान है, जिसकी छत स्वर्ण एवं 4 मुख्य दरवाजे चांदी के आवरण से अलंकृत हैं। पश्चिमी दरवाजे पर नंदी की एक विशाल मूर्ति है, जो स्वर्णजड़ित है। उत्कृष्ट सजावट से शोभायमान पगोडा रूपी इस मंदिर में भगवान शिव पवित्र ज्योर्तिलिंग के रूप में विराजमान हैं। गर्भ–गृह में 1 मी0 ऊंचा 4 मुखों वाला शिवलिंग (चतुर्मुखी शिवलिंग) सुशोभित है, जो पशुपतिनाथ भगवान का प्रतीक है। भगवान पशुपतिनाथ की यह प्रतिमा लगभग 6 फीट ऊंची है, जो काले पत्थर की बनी है। साथ में यहां भगवान विष्णु, सूर्य, देवी पार्वती और गणेश की दिव्य मूर्तियां भी शोभायमान हैं। गर्भ–गृह की अंदरूनी छत पर 17 वीं शताब्दी के उत्तरार्ध की विभिन्न प्रतिमाओं की काष्ठ–नक्काशी की गई है, जिनमें देवी पार्वती, गणेश, कुमार कार्तिकेय, योगिनियों, हनुमान, श्रीराम, देवी सीता, लक्ष्मण इत्यादि प्रमुख हैं। पशुपतिनाथ मंदिर भगवान शिव के द्वादश ज्योर्तिलिंगों में से एक है, जिसका अस्तित्व 400 ईसा से पूर्व का है, लेकिन वास्तव में यह तीर्थस्थल लगभग 1000 वर्षो से भी अधिक पुराना है। जानकारों के अनुसार एक बार भगवान शिव अपने धाम कैलाश से किसी निर्जन क्षेत्र में रहने चले गये। देवताओं द्वारा उन्हें खोजे जाने पर भगवान शिव ने स्वयं को एक मृग के रूप में बदल लिया और बागमती नदी के पूर्वी किनारे पर विचरण करने लगे। बाद में देवताओं द्वारा पहचान लिये जाने पर वह बागमती नदी के दूसरी ओर दौड़ पड़े। भगवान विष्णु द्वारा मृगरूपी भगवान शिव का सींग पकड़ लिये जाने के कारण भगवान शिव को अपने भव्य स्वरूप में आने के लिये विवश होना पड़ा, हालांकि इस बीच मृगरूपी भगवान शिव का यह सींग 4 टुकड़ों में विभक्त हो गया, जिसको भगवान विष्णु ने 4 मुखों वाले एक शिवलिंग (चतुर्मुखी शिवलिंग) के रूप में प्रतिष्ठित कर दिया। हालांकि कालांतर में यह शिवलिंग लुप्त हो गया। कई शताब्दियों बाद एक विलक्षण चरवाहे ने अपनी गायों में से एक को इसी पवित्र स्थल पर दूध की बौछार करते हुये देखा, जिसकी खुदाई करने पर उसे भगवान पशुपतिनाथ का यह दिव्य शिवलिंग प्राप्त हुआ, जो आज विश्वप्रसिद्ध भगवान पशुपतिनाथ मंदिर में विराजमान है। पशुपतिनाथ

मंदिर परिसर का कई शताब्दियों के दौरान जीर्णोद्धार हुआ है, जहां केवल हिंदुओं का प्रवेश ही मान्य है, हालांकि बागमती नदी के दूसरी ओर स्थित सुरक्षित स्थल से किसी भी व्यक्ति द्वारा इस पवित्र मंदिर की मनोहारी छवि का नजारा लिया जा सकता है। पशुपतिनाथ मंदिर के पुजारी भट्ट कहलाते हैं, जिनमें मुख्य पुजारी को मूलभट्ट या रावल कहा जाता है। पशुपतिनाथ मंदिर परिसर में अनेक प्राचीन एवं महत्वपूर्ण छोटे मंदिरों, मूर्तियों तथा धार्मिक स्थलों का अनोखा संग्रह है, जिसके दक्षिण में 7 वीं शताब्दी का बना चंदेश्वर भगवान का शिवलिंग है, जबकि उत्तर में 9 वीं शताब्दी का बना परमपिता ब्रह्मा जी का मंदिर है। मंदिर के दक्षिण में पत्थर की एक रचना या धर्मशिला है, जिस पर कई पवित्र वचन अंकित हैं, जबकि मीनारों पर बहुत सारे शाह राजाओं की मूर्तियां उकेरी गई हैं। मंदिर परिसर के उत्तर पूर्वी कोने में वासुकी मंदिर का एक छोटा पगोडा है। मान्यता है कि भगवान पशुपतिनाथ की रखवाली के लिये नागों के राजा वासुकी ने स्वयं को यहां स्थापित कर लिया था। मुख्य गर्भ–गृह में प्रवेश करने से पूर्व भक्त यहां वासुकी की पूजा करने के बाद भगवान पशुपतिनाथ का दर्शन करते हैं। नेपाल देश की राजधानी काठमाण्डू के पूर्वी हिस्से में बागमती नदी के किनारे स्थित यह प्रसिद्ध हिंदू मंदिर यूनेस्को की विश्व सांस्कृतिक धरोहर स्थलों में सम्मिलित है, जो नेपाल के शिव मंदिरों में सबसे अधिक पवित्र माना जाता है। साथ ही पशुपतिनाथ मंदिर के निकट बहती बागमती नदी भी अत्यंत पवित्र मानी जाती है, जहां बहुत सारे घाट कतारों में बने हुये हैं। इनमें आर्य घाट अत्यंत महत्वपूर्ण है, क्योंकि यह एकमात्र स्थान है, जहां से पशुपतिनाथ मंदिर के लिये पवित्र जल प्राप्त किया जाता है तथा जहां नेपाल के शाही परिवार का दाह–संस्कार संपन्न होता है। बागमती नदी को पार करके छठी शताब्दी में निर्मित भगवान शिव के उत्कृष्ट एकमुखी शिवलिंग का पवित्र दर्शन करने के बाद मां गुह्येश्वरी देवी के मंदिर में पहुंचा जा सकता है, जहां सच्ची साधना द्वारा हर मनोकामना पूरी की जा सकती है। नवरात्रि एवं शिवरात्रि के अवसर पर यहां भक्तों का ध ार्मिक उल्लास अत्यंत मनोहारी लगता है।

एक नजर में:

- **कैसे पहुंचें?**: काठमाण्डू का त्रिभुवन अंतर्राष्ट्रीय हवाई–अड्डा यहां का निकटतम एयरपोर्ट है। काठमाण्डू के रत्ना पार्क या सिटी बस स्टेशन से पाटन जाने वाली बस का पशुपतिनाथ स्थित गोशाला पड़ाव पर ठहराव होता है, जहां पहुंचने में लगभग 45 मिनट का समय लगता है। टैक्सी द्वारा भी काठमाण्डू से पशुपतिनाथ स्थित महामाया गुह्येश्वरी देवी मंदिर पहुंचा जा सकता है।
- **रहने योग्य स्थल**: काठमाण्डू तथा पशुपतिनाथ स्थित विभिन्न होटल, गेस्ट हाउस, मठ, आश्रम, धर्मशालायें तथा टूरिस्ट लॉज इत्यादि।
- **अनुकूल मौसम**: जुलाई से नवम्बर विशेष कर अगस्त माह में पड़ने वाले तीज त्योहार के समय।

हमेशा बुराई ढूँढने वाला व्यक्ति उस मक्खी की तरह होता है!
जो शुद्ध और स्वच्छ जगह छोड़कर गंदगी में ही रमती है।

(45) मिथिला शक्तिपीठ

- **स्थानः** जनकपुर रेलवे स्टेशन के निकट (भारत–नेपाल सीमा पर स्थित), जनपद–धनुषा (जिला–मुख्यालय : जनकपुर), जनकपुर मण्डल, नेपाल।
- **देवी सती का गिरा अंग या आभूषणः** वाम स्कंध (बायां कंधा)।

यह शक्तिपीठ नेपाल के जनकपुर मण्डल के धनुषा जिले (जिला–मुख्यालय : जनकपुर) के जनकपुर रेलवे स्टेशन के निकट स्थित है। भारत–नेपाल सीमा पर स्थित जनकपुर को पूर्व में मिथिला क्षेत्र के नाम से भी जाना जाता था। यही कारण है कि इस शक्तिपीठ को मिथिला शक्तिपीठ भी कहा जाता है। इस प्रसिद्ध ऐतिहासिक स्थल पर देवी सती का बायां कंधा (वाम स्कंध) गिरने की मान्यता है। देवी सती के गिरे अंग के स्थान पर निर्मित इस शक्तिपीठ की अधिष्ठात्री देवी को देवी उमा (देवी महादेवी) के नाम से पूजा जाता है तथा देवी सती के साथ विराजमान भगवान शिव या भैरव भगवान महोदर के रूप में पूजे जाते हैं। स्थानीय लोगों में यह शक्तिपीठ *जानकी देवी मंदिर* के नाम से भी प्रसिद्ध है। जनकपुर या जनकपुरधाम नेपाल के जनकपुर मण्डल के धनुषा जनपद का प्रशासनिक मुख्यालय भी है, जो नेपाल की राजधानी

काठमाण्डू के दक्षिण–पूरब से लगभग 400 किमी0 तथा भारतीय सीमा–क्षेत्र से लगभग 20 किमी0 दूर स्थित है। ऐतिहासिक रूप से प्रसिद्ध जनकपुर मिथिला के नाम से भी मशहूर है, जो प्राचीन मैथिली संस्कृति का एक मुख्य केंद्र है, जिसकी अपनी विशिष्ट भाषा और लिपि है। मिथिला नगर का उल्लेख पहली सहस्त्राब्दि ईसा पूर्व सतपथ ब्राह्मण नामक पुस्तक में मिलता है, जिसके अनुसार माथव विदेघ नामक राजा ने अपने पुरोहित गौतम राहुगण के साथ सदानीरा (गण्डक) नदी को पार करके विदेह राज्य की स्थापना की थी, जिसकी राजधानी मिथिला नगर था।

"मिथिला या जनकपुर का सबसे महत्वपूर्ण ऐतिहासिक उल्लेख प्रसिद्ध रामायण महाकाव्य में मिलता है, जिसमें भगवान श्रीराम की पत्नी देवी सीता, जो जानकी के नाम से भी जानी जाती हैं, का विदेह देश की राजकुमारी के रूप में चित्रण मिलता है। देवी सीता के पिता राजा जनक ने उन्हें एक खेत में हल जोतते हुये पाया था, जिनका उन्होंने अपनी पुत्री के रूप में बड़े ही लाड़–प्यार के साथ लालन–पालन किया। देवी सीता के बड़े होने पर राजा जनक ने यह उद्‌घोषणा करवाई कि जो भगवान शिव का धनुष तोड़ेगा, उससे ही वह अपनी पुत्री सीता का विवाह करेंगे। बहुत सारे प्रतापी राजा ऐसा कर पाने में असमर्थ रहे। तब अयोध्या के राजकुमार भगवान श्रीराम ने अन्ततः भगवान शिव का धनुष तोड़ कर देवी सीता (देवी जानकी या देवी वैदेही) से विवाह किया।"

देवी सीता को समर्पित ***जानकी देवी मंदिर*** जनकपुर के हृदय–स्थल में ही स्थित है, जो राजपूत स्थापत्यकला का एक उत्कृष्ट नमूना है। इसे नेपाल के सबसे अच्छे राजपूत स्थापत्य कलागत् नमूनों में भी आदर्श माना जाता है। जानकी देवी मंदिर को मध्य भारत के टीकमगढ़ रियासत की रानी बृसाभानु कुंवर ने 1911 ईसा में 9 लाख रूपये में बनवाया था, इसीलिये स्थानीय लोग इसे ***नौलखा मंदिर*** (9 लाख रूपये वाला मंदिर) भी कहते हैं। मान्यता है कि जनकपुर देवी सीता का निवास–स्थल है। जानकारों के अनुसार यह मंदिर उस पवित्र स्थल पर बना है, जहां सन्यासी शुरकिशोर दास ने सन् 1657 में देवी सीता की एक स्वर्ण प्रतिमा को प्राप्त किया था। वास्तव में महान संत और कवि शुरकिशोर दास ही इस आधुनिक शहर के संस्थापक माने जाते हैं, जिन्होंने सीता उपासना या सीता उपनिषद् जैसे ग्रंथों की रचना की है। जानकार यह भी मानते हैं कि इसी पावन स्थल पर राजा जनक की एक टूटी मूर्ति के अलावा ढ़ेरों अन्य सुंदर मूर्तियां भी विराजमान हैं। हिंदू धर्मावलंबियों के बीच अत्यंत पूजनीय यह शक्तिपीठ मंदिर नेपाल के एक प्रसिद्ध पर्यटन–स्थल के रूप में भी जाना जाता है, जहां स्थित जनकपुर रेलवे स्टेशन नेपाल के एकमात्र संचालित रेलवे स्टेशन के रूप में प्रसिद्ध है।

एक नजर में:

- **कैसे पहुंचें?**: जनकपुर से लगभग 135 किमी0 दूर स्थित काठमाण्डू यहां का निकटतम प्रमुख एयरपोर्ट जबकि जनकपुर निकटतम रेलवे स्टेशन है, जो नेपाल का

एकमात्र संचालित रेलवे स्टेशन है। काठमाण्डू एवं नेपाल के अन्य शहरों से जनकपुर के लिये रोजाना बड़े पैमाने पर बस सेवा उपलब्ध है।

- **रहने योग्य स्थल**: जनकपुर स्थित विभिन्न होटल, गेस्ट हाउस, धर्मशालायें तथा टूरिस्ट लॉज इत्यादि।
- **अनुकूल मौसम**: मानसून को छोड़कर वर्ष भर।

(46) सुगंधा (सुनंदा) देवी शक्तिपीठ (चंद्रद्वीप शक्तिपीठ)

- **स्थान**: शिकारपुर गांव, गुरनादी थाना, जनपद–बरीसाल, बरीसाल प्रभाग (विभाग), बांग्ला देश।
- **देवी सती का गिरा अंग या आभूषण**: नासिका (नाक)।

यह प्रसिद्ध शक्तिपीठ बांग्ला देश के बरीसाल प्रशासनिक प्रभाग (विभाग) के अंतर्गत् बरीसाल जनपद के गुरनादी कस्बे के शिकारपुर गांव में सोन्दा नदी के किनारे स्थित है, जो बंगाल की खाड़ी के उत्तरी किनारे पर बसा है। पूर्व में इस क्षेत्र को सुगंधा के नाम से जाना जाता था, जिसका उपनाम था–चंद्रद्वीप।

"यह पावन स्थल चंद्रद्वीप शक्तिपीठ के नाम से भी प्रसिद्ध है। इस शक्तिपीठ पर देवी सती की नासिका या नाक गिरने की मान्यता है। देवी सती के गिरे अंग के स्थान पर निर्मित इस शक्तिपीठ की अधिष्ठात्री देवी को देवी सुगंधा (देवी सुनंदा) के नाम से पूजा जाता है तथा देवी सती के साथ विराजमान भगवान शिव या भैरव भगवान त्रयम्बक के रूप में पूजे जाते हैं।"

यह शक्तिपीठ मंदिर बांग्ला देश के प्रसिद्ध मंदिरों में से एक है, जो भारत में भी अत्यंत लोकप्रिय है।

एक नजर में:

- **कैसे पहुंचें?**: बरीसाल यहां का निकटतम एयरपोर्ट है, जो ढ़ाका से वायु सेवा द्वारा जुड़ा है। बरीसाल रेल सेवा द्वारा भी ढ़ाका से अच्छी तरह जुड़ा है। ढ़ाका से बरीसाल के लिये बड़े पैमाने पर बसें उपलब्ध हैं। साथ ही जल–यात्रा द्वारा भी ढ़ाका से बरीसाल पहुंचा जा सकता है, हालांकि इसमें लगभग 12 घंटे का समय लगता है। बरीसाल से सुगंधा शक्तिपीठ स्थल बस या टैक्सी द्वारा आसानी से पहुंचा जा सकता है।
- **रहने योग्य स्थल**: बरीसाल तथा गुरनादी स्थित विभिन्न होटल, गेस्ट हाउस तथा टूरिस्ट लॉज इत्यादि।
- **अनुकूल मौसम**: मानसून को छोड़कर वर्ष भर।

एक मिनट में जिंदगी नहीं बदलती!! पर एक मिनट सोच कर लिया हुआ फैसला पूरी जिंदगी बदल देता है!!

(47) जयन्ती देवी शक्तिपीठ (फालीजुर कालीबाड़ी शक्तिपीठ)

- **स्थान**: कालाजोर बौर गांव, फलजुर (फालीजुर) परगना, जयन्तिया थाना, जनपद–सिलहट, सिलहट प्रभाग (विभाग), बांग्ला देश।
- **देवी सती का गिरा अंग या आभूषण**: वाम जांघ (बायां जांघ)।

यह शक्तिपीठ बांग्ला देश के सिलहट प्रशासनिक प्रभाग (विभाग) के अंतर्गत् सिलहट जनपद के जयन्तिया थाना के फलजुर (फालीजुर) परगना के कालाजोर बौर गांव में स्थित है।

"स्थानीय लोगों में यह शक्तिपीठ फालीजुर कालीबाड़ी शक्तिपीठ के नाम से भी प्रसिद्ध है। यहां देवी सती की बायीं जांघ (वाम जांघ) गिरने की मान्यता है। देवी सती के गिरे अंग के स्थाना पर निर्मित इस शक्तिपीठ मंदिर की अधिष्ठात्री देवी को जयन्ती देवी के नाम से पूजा जाता है तथा देवी सती के साथ विराजमान भगवान शिव या भैरव भगवान क्रामाधीश्वर के रूप में पूजे जाते हैं।"

यह अति प्रसिद्ध शक्तिपीठों में से एक है, जो बांग्ला देश के सबसे प्रमुख हिंदू मंदिरों में से एक है।

एक नजर में:

- **कैसे पहुंचें?:** सिलहट यहां का निकटतम एयरपोर्ट है, जो ढ़ाका से वायु सेवा द्वारा जुड़ा है। सिलहट स्टेशन ढ़ाका के साथ ही बांग्ला देश के प्रमुख शहरों जैसे चित्तागोंग, राजशाही, दिनाजपुर, जेस्सोर, खुलना एवं बोगरा से भलीप्रकार जुड़ा है। सिलहट के लिये ढ़ाका के साथ ही बांग्ला देश के प्रमुख शहरों से उत्कृष्ट बस सेवा उपलब्ध है। सिलहट से बस या टैक्सी द्वारा फालीजुर कालीबाड़ी शक्तिपीठ स्थल पहुंचा जा सकता है।

- **रहने योग्य स्थल:** सिलहट तथा जयन्तिया स्थित विभिन्न होटल, गेस्ट हाउस तथा टूरिस्ट लॉज इत्यादि।

- **अनुकूल मौसम:** मानसून छोड़कर वर्ष भर।

अन्य मान्यतानुसारः

- **जयन्ती देवी मेघालय शक्तिपीठः** यह शक्तिपीठ भारत के मेघालय राज्य के जयन्तिया हिल्स जनपद (जिला—मुख्यालय : जोवाई) में स्थित माना जाता है। जोवाई से लगभग 30 किमी0 दूर नारतियांग नामक स्थान पर स्थित तथा देवी दुर्गा को समर्पित यह मंदिर लगभग 500 वर्ष पुराना है, जो पूरे पूर्वोत्तर भारत में प्रसिद्ध है। नारतियांग पूर्व में जयन्तिया राजाओं की ग्रीष्मकालीन राजधानी था, जो मेघालय राज्य की राजधानी शिलांग से लगभग 65 किमी0 दूर स्थित है। यह अत्यंत रमणीक स्थल है, जो अपनी धार्मिक आभा की सुगंध से श्रद्धालुओं का मन मोह लेता है।

एक नजर में:

- **कैसे पहुंचें?**: शिलांग से लगभग 128 किमी0 दूर स्थित गुवाहाटी यहां का निकटतम एयरपोर्ट है, जो दिल्ली, बागडोगरा, कोलकाता से सीधी उड़ानों द्वारा जुड़ा है। गुवाहाटी यहां का निकटतम प्रमुख रेल जंक्शन है, जो देश के सभी प्रमुख शहरों से उत्कृष्ट रेल सेवा द्वारा जुड़ा है। शिलांग एवं गुवाहाटी के मध्य मेघालय परिवहन निगम तथा असोम (असम) राज्य परिवहन निगम की बसें संचालित होती हैं, जहां से शिलांग और सिलचर आदि शहरों को जोड़ने वाले राष्ट्रीय राजमार्ग–44 पर स्थित जयन्तिया हिल्स जनपद के जिला–मुख्यालय जोवाई आसानी से पहुंचा जा सकता है।
- **रहने योग्य स्थल**: जोवाई स्थित विभिन्न होटल, गेस्ट हाउस तथा टूरिस्ट लॉज इत्यादि।
- **अनुकूल मौसम**: मार्च एवं जुलाई।

(48) महालक्ष्मी देवी श्री हट्टा (श्रीशैल) शक्तिपीठ

- **स्थान**: जैनपुर गांव, गोटातिकर, जनपद–सिलहट, सिलहट प्रभाग (विभाग), बांग्ला देश।
- **देवी सती का गिरा अंग या आभूषण**: गर्दन का पिछला हिस्सा।

बांग्ला देश के सिलहट प्रभाग (विभाग) के अंतर्गत् सिलहट जनपद के गोटातिकर कस्बे के जैनपुर गांव में स्थित है।

"यह शक्तिपीठ मंदिर देवी महालक्ष्मी को समर्पित है। यहां देवी सती के गर्दन का पिछला हिस्सा गिरने की मान्यता है। देवी सती के गिरे अंग के स्थान पर निर्मित

इस शक्तिपीठ की अधिष्ठात्री देवी को देवी महालक्ष्मी के रूप में पूजा जाता है तथा देवी सती के साथ विराजमान भगवान शिव या भैरव भगवान सम्बरानंद के नाम से पूजे जाते हैं।"

स्थानीय लोगों में यह शक्तिपीठ श्रीहट्टा (श्रीशैल) के नाम से भी अत्यंत प्रसिद्ध है।

एक नजर में:

- **कैसे पहुंचें?:** वायु सेवा द्वारा ढ़ाका से जुड़ा सिलहट यहां का निकटतम एयरपोर्ट है, जबकि सिलहट निकटतम रेलवे स्टेशन है, जो ढ़ाका के साथ ही बांग्ला देश के प्रमुख शहरों जैसे चित्तागोंग, राजशाही, दिनाजपुर, जेस्सोर, खुलना एवं बोगरा से भलीप्रकार जुड़ा है। सिलहट के लिये ढ़ाका के साथ ही बांग्ला देश के प्रमुख शहरों से उत्कृष्ट बस सेवा उपलब्ध है, जहां से बस या टैक्सी द्वारा महालक्ष्मी देवी श्रीहट्टा (श्रीशैल) शक्तिपीठ स्थल पहुंचा जा सकता है।
- **रहने योग्य स्थल:** सिलहट तथा गोटातिकर स्थित विभिन्न होटल, गेस्ट हाउस तथा टूरिस्ट लॉज इत्यादि।
- **अनुकूल मौसम:** मानसून छोड़कर वर्ष भर।

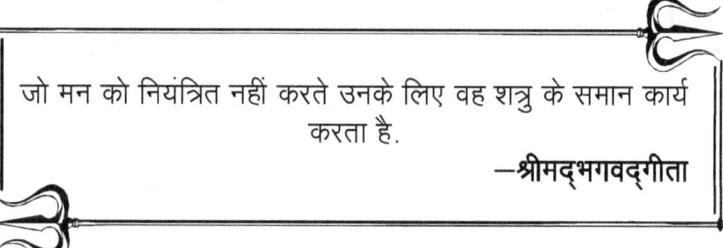

> जो मन को नियंत्रित नहीं करते उनके लिए वह शत्रु के समान कार्य करता है.
>
> **—श्रीमद्भगवद्गीता**

(49) अपर्णा देवी शक्तिपीठ (करतोया-तट शक्तिपीठ)

- **स्थान:** भबानीपुर गांव, शेरपुर थाना, जनपद–बोगरा (बोगुरा), राजशाही प्रभाग (विभाग), बांग्ला देश।
- **देवी सती का गिरा अंग या आभूषण:** बायें टखने का आभूषण। (अन्य मान्यतानुसार : वस्त्र)

यह बांग्ला देश के राजशाही प्रभाग (विभाग) के अंतर्गत् बोगरा (बोगुरा) जनपद के शेरपुर थाना के भबानीपुर गांव में स्थित है।

"यहां देवी सती के बायें टखने का आभूषण गिरने की मान्यता है, हालांकि कुछ अन्य जानकारों के अनुसार यहां देवी सती के वस्त्र गिरने की बात भी

कही जाती है। देवी सती के गिरे अंग के स्थाना पर निर्मित इस शक्तिपीठ की अधिष्ठात्री देवी को अपर्णा देवी के नाम से पूजा जाता है तथा देवी सती के साथ विराजमान भगवान शिव या भैरव भगवान वामन के रूप में पूजे जाते हैं। स्थानीय लोगों में यह शक्तिपीठ मंदिर करातोया–तट शक्तिपीठ के नाम से भी अत्यंत लोकप्रिय है, जो मां भबानी (देवी तारा) को समर्पित है।"

देवी भबानी को देवी तारा के नाम से भी पूजा जाता है, जो देवी सती का ही एक अन्य नाम है। देवी भबानी की साधना से भक्तों को मनचाही सिद्धि मिलती है। माघ पूर्णिमा और राम नवमी के दिन यहां एक विशाल मेला लगता है, जिसमें दूर–दूर से श्रद्धालु एकत्र होते हैं।

एक नजर में:

- **कैसे पहुंचें?**: ढ़ाका से वायु सेवा द्वारा जुड़ा राजशाही यहां का निकटतम एयरपोर्ट जबकि बोगुरा निकटतम रेलवे स्टेशन है, जहां बांग्ला देश के प्रमुख शहरों से विभिन्न रेलगाड़ियां गुजरती हैं। बोगुरा के लिये ढ़ाका के साथ ही बांग्ला देश के अन्य शहरों से विभिन्न बसें संचालित होती हैं। बोगुरा से करातोया–तट आप बस या टैक्सी द्वारा आसानी से पहुंच सकते हैं।
- **रहने योग्य स्थल**: बोगुरा, राजशाही तथा शेरपुर स्थित विभिन्न होटल, गेस्ट हाउस तथा टूरिस्ट लॉज इत्यादि।
- **अनुकूल मौसम**: मानसून छोड़कर वर्ष भर।

(50) जशोरेश्वरी (यशोरेश्वरी) देवी शक्तिपीठ

- **स्थानः** ईश्वरीपुर, श्यामनगर उपजिला, जनपद–सतखीरा, खुलना प्रभाग (विभाग), बांग्ला देश।
- **देवी सती का गिरा अंग या आभूषणः** हथेली एवं बायें पैर का तलवा।

यह प्रसिद्ध शक्तिपीठ बांग्ला देश के खुलना प्रभाग (विभाग) के अंतर्गत् सतखीरा जनपद के श्यामनगर उपजिला के ईश्वरीपुर नामक स्थान पर स्थित है, जो देवी काली को समर्पित है। यहां देवी सती की हथेली एवं बायें पैर का तलवा गिरने की मान्यता है। देवी सती के गिरे अंग के स्थान पर निर्मित इस शक्तिपीठ की अधिष्ठात्री देवी को देवी जशोरेश्वरी (देवी यशोरेश्वरी) के नाम से पूजा जाता है तथा देवी सती के साथ विराजमान भगवान शिव या भैरव भगवान चंड के रूप में पूजे जाते हैं। जशोरश्वरी का अर्थ है– जेस्सोर की देवी (जेस्सोर बांग्ला देश के खुलना प्रभाग या विभाग का एक जिला है, जहां के स्थानीय हिंदू लोगों की भी यह इष्ट देवी हैं। प्राचीन काल में यह समतट जनपद के नाम से प्रसिद्ध था, जो एक राज्य के रूप में जाना जाता था, जिसकी कुल देवी जशोरेश्वरी देवी के नाम से ही पूजी जाती थीं)।

"इस मंदिर परिसर का निर्माण राजा प्रतापादित्य ने किया था, जिनकी राजधानी ईश्वरीपुर था। यह शक्तिपीठ मंदिर बांग्ला देश के प्राचीन मंदिरों में से एक है, जहां प्रत्येक मंगलवार और शनिवार की दोपहर को स्थानीय पुजारियों द्वारा मां जशोरेश्वरी काली देवी की विशेष पूजा–अर्चना होती है, हालांकि सन् 1971 से पूर्व यहां नियमित रूप से पूजा–अर्चना होती थी। काली पूजा के दिन यहां एक विशाल मेले का आयोजन होता है, जिसमें बड़े पैमाने पर श्रद्धालु इकट्ठा होकर मां जशोरेश्वरी को अपनी श्रद्धा अर्पित करते हैं।"

एक नजर में:

- **कैसे पहुंचें?**: ढ़ाका से वायु सेवा द्वारा जुड़ा जेस्सोर यहां का निकटतम एयरपोर्ट है। खुलना यहां का निकटतम प्रमुख रेलवे स्टेशन है, जो जेस्सोर एवं ढ़ाका से रेल सेवा द्वारा जुड़ा है। सतखीरा शहर जेस्सोर, खुलना एवं ढ़ाका से सड़क परिवहन सेवा द्वारा अच्छी तरह जुड़ा हुआ है, जहां से श्यामनगर उपजिला स्थित जशोरेवरी देवी शक्तिपीठ स्थल आप बस या टैक्सी द्वारा आसानी से पहुंच सकते हैं।
- **रहने योग्य स्थल**: सतखीरा, खुलना तथा श्यामनगर स्थित विभिन्न होटल,गेस्ट हाउस तथा टूरिस्ट लॉज इत्यादि।
- **अनुकूल मौसम**: मानसून छोड़कर वर्ष भर।

इतिहास कहता है कि कल सुख था,
विज्ञान कहता है कि कल सुख होगा,
लेकिन धर्म कहता है कि..
अगर मन सच्चा और दिल अच्छा है तो हर रोज सुख होगा.

(51) शिवहरकराय (शरकरारे) शक्तिपीठ (करावीपुर शक्तिपीठ)

- **स्थान**: जनपद–सुक्कुर (सक्खर), सिंध प्रांत, पाकिस्तान।
- **देवी सती का गिरा अंग या आभूषण**: आंख (त्रिनेत्र)।

यह प्राचीन शक्तिपीठ पाकिस्तान के सिंध प्रांत के सुक्कुर जिले के शिवहरकराय (शरकरारे) नामक स्थान पर स्थित है, जो हिंदू देवी दुर्गा को समर्पित है। यह प्रसिद्ध पौराणिक शक्तिपीठ पाकिस्तान के सिंध प्रांत की राजधानी कराची के परकई रेलवे स्टेशन के समीप स्थित है। यह करावीपुर शक्तिपीठ के नाम से भी प्रसिद्ध है। यहां देवी सती की आंख (त्रिनेत्र) गिरने की मान्यता है।

"देवी सती के गिरे अंग के स्थान पर निर्मित इस शक्तिपीठ की अधिष्ठात्री देवी को महिषमर्दिनी देवी के नाम से पूजा जाता है तथा देवी सती के साथ विराजमान भगवान शिव या भैरव भगवान क्रोधीश के रूप में पूजे जाते हैं। प्राचीन एवं अति पवित्र सिंधु नदी के दक्षिणी किनारे पर स्थित सुक्कुर (सक्खर) जिले को पूर्व में

तलका के नाम से जाना जाता था, जहां पुराणों में वर्णित इस शक्तिपीठ के होने की मान्यता है। यहां से कुछ ही दूरी पर स्थित प्रसिद्ध मोहन जोदड़ो नामक एक प्रसिद्ध पर्यटन–स्थल भी है।"

जहां प्राचीनतम सिंधु घाटी सभ्यता का साक्ष्य देखा जा सकता है।

एक नजर में:

- **कैसे पहुंचें?**: कराची यहां का निकटतम एयरपोर्ट है, जो इस्लामाबाद, लाहौर के साथ ही विश्व के प्रमुख शहरों से वायु सेवा द्वारा जुड़ा है। कराची का पर कई स्टेशन यहां का निकटतम रेलवे स्टेशन जबकि सुक्कुर निकटतम प्रमुख रेलवे स्टेशन है। सुक्कुर कराची, मोहन जोदड़ो, रावलपिंडी, लाहौर से सड़क यातायात द्वारा अच्छी तरह जुड़ा है, जहां से बस या टैक्सी द्वारा करावीपुर शक्तिपीठ स्थल पहुंचा जा सकता है।
- **रहने योग्य स्थल**: सुक्कुर स्थित विभिन्न होटल, गेस्ट हाउस तथा टूरिस्ट लॉज इत्यादि।
- **अनुकूल मौसम**: गर्मी छोड़कर वर्ष भर।

अन्य मान्यतानुसार:

- **महालक्ष्मी देवी शक्तिपीठ (महिष शक्तिपीठ)**: यह शक्तिपीठ भारत के महाराष्ट्र राज्य के कोल्हापुर शहर में स्थित है। कोल्हापुर को पूर्व में कोलापुर कहा जाता था, जिसकी अधिष्ठात्री देवी को देवी महालक्ष्मी के नाम से पूजा जाता है। कोल्हापुर पंचगंगा (दक्षिण काशी) नदी के किनारे स्थित है, जहां श्रद्धालुओं में देवी महालक्ष्मी की भक्ति का रंग देखते ही बनता है। महाराष्ट्र के तुलजापुर (भवानी देवी), महुर

(महामाया रेणुका देवी) और सप्तश्रृंगी (सप्तश्रृंगी देवी) के साथ ही कोल्हापुर का
महालक्ष्मी देवी मंदिर भी अत्यंत प्रसिद्ध है। कोल्हापुर पुणे शहर से लगभग 240
किमी0 दूर उत्तर दिशा में स्थित है। बेंगलूर–पुणे राष्ट्रीय राजमार्ग पर स्थित तथा
पंचगंगा नदी के पावन तट पर बसा कोल्हापुर शहर अपने प्राचीन मंदिरों एवं विभिन्न
तीर्थस्थलों के लिये जाना जाता है। करवीर महात्मा के अनुसार भगवान विष्णु देवी
महालक्ष्मी के रूप में कोल्हापुर में निवास करते हैं, जबकि अन्य जानकारों के
अनुसार देवी महालक्ष्मी ने महिषमर्दिनी दुर्गा के स्वरूप में कोल्हापुर की भूमि पर ही
महिष (भैंसा) रूपी राक्षस का संहार किया था। इसीलिये यह मंदिर महिष शक्तिपीठ
के नाम से भी जाना जाता है। मंदिर का मुख्य प्रवेश–द्वार (महाद्वार) पश्चिमी दिशा
की ओर स्थित है। महाद्वार में प्रवेश करने पर बहुत सारी दीपमालाओं का दर्शन होता
है। इसके बाद गरूड़ मण्डप पड़ता है, जो वर्गाकार मीनारों से युक्त है। यह मराठा
स्थापत्य–कला का एक उत्कृष्ट उदाहरण है। यह मण्डप 18वीं शताब्दी का बना
माना जाता है, जहां गर्भ–गृह की ओर मुख किये हुये गरूड़ की मूर्ति विराजमान है।
गरूड़ मण्डप के बाद प्रस्तर (पत्थर) मण्डप पड़ता है, जहां गर्भ–गृह की ओर मुख
किये हुये एक चबूतरे पर भगवान गणेश की सुंदर मूर्ति सुशोभित है। इसके बाद
गर्भ–गृह में पश्चिम की ओर अभिमुख 3 देवियों– महालक्ष्मी, महाकाली और
महासरस्वती की मूर्तियां प्रतिस्थापित हैं, जिनमें मां महालक्ष्मी देवी की मूर्ति मध्य में
विराजमान है। मंदिर परिसर में विभिन्न देवी–देवताओं एवं नृत्यगत् मुद्राओं से युक्त
कलाकृतियों का सुंदर चित्रण है।

*"गर्भ–गृह में विराजमान देवी महालक्ष्मी की काले पत्थर की बनी प्रतिमा 3
फीट ऊंची है, जिसकी दीवारों में से एक पर श्री यंत्र उकेरा गया है।
गर्भ–गृह को इस तरह से बनाया गया है कि वर्ष में एक बार यहां सूर्य की
रोशनी 3 दिनों तक मां महालक्ष्मी की दिव्य प्रतिमा को स्पर्श कर और
कांतिमय बना सके।"*

देवी महालक्ष्मी के अतिरिक्त यहां भगवान व्यंकटेश, देवी कात्यायनी एवं भगवान
गौरीशंकर की मूर्तियां भी प्रतिष्ठित हैं, जबकि मंदिर परिसर के आंगन में नवग्रह,
सूर्य, महिषमर्दिनी, विट्ठल रखमई, भगवान शिव, भगवान विष्णु, देवी तुलजा भवानी
और अन्य देवी–देवताओं के मंदिर विराजमान हैं। यहां पवित्र मणिकर्णिका कुण्ड भी
स्थित है, जहां विश्वेश्वर महादेव का मंदिर शोभायमान है। महालक्ष्मी महिष शक्तिपीठ
में प्रत्येक दिन 5 बार विशेष पूजा–अर्चना होती है। शुक्रवार के दिन मंदिर परिसर में
देवी महालक्ष्मी का जुलूस निकाला जाता है, जबकि नवरात्रि के अवसर पर यहां का
धार्मिक उत्साह अपने चरम पर होता है।

एक नजर में:

- **कैसे पहुंचें?**: पुणे एवं मुंबई यहां के निकटतम हवाई–अड्डे हैं, जो कोल्हापुर से लगभग 233 किमी0 तथा 400 किमी0 दूर स्थित हैं। कोल्हापुर यहां का निकटतम रेलवे स्टेशन है, जो मुंबई के साथ ही बेंगलूर, नागपुर आदि शहरों से रेल सेवा द्वारा जुड़ा है। मुंबई से कोल्हापुर के लिये रोजाना सीधी विभिन्न ट्रेनें संचालित होती हैं। कोल्हापुर पुणे को बेंगलूर से जोड़ने वाले राष्ट्रीय राजमार्ग–4 पर स्थित है। मुंबई एवं पुणे से कोल्हापुर के लिये विभिन्न सीधी बसें संचालित होती हैं।
- **रहने योग्य स्थल**: कोल्हापुर स्थित लग्जरी एवं बजटेड होटल, गेस्ट हाउस, धर्मशालायें तथा टूरिस्ट लॉज इत्यादि।
- **अनुकूल मौसम**: नवम्बर से मार्च।

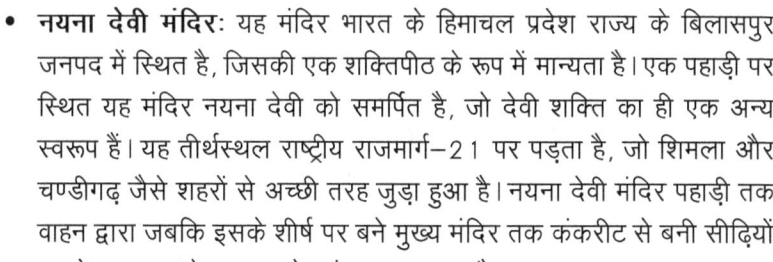

> सदैव संदेह करने वाले व्यक्ति के लिए प्रसन्नता ना इस लोक में है ना ही कहीं और!
>
> **—श्रीमद्भगवद्गीता**

- **नयना देवी मंदिर**: यह मंदिर भारत के हिमाचल प्रदेश राज्य के बिलासपुर जनपद में स्थित है, जिसकी एक शक्तिपीठ के रूप में मान्यता है। एक पहाड़ी पर स्थित यह मंदिर नयना देवी को समर्पित है, जो देवी शक्ति का ही एक अन्य स्वरूप हैं। यह तीर्थस्थल राष्ट्रीय राजमार्ग–21 पर पड़ता है, जो शिमला और चण्डीगढ़ जैसे शहरों से अच्छी तरह जुड़ा हुआ है। नयना देवी मंदिर पहाड़ी तक वाहन द्वारा जबकि इसके शीर्ष पर बने मुख्य मंदिर तक कंकरीट से बनी सीढ़ियों या केबल कार के माध्यम से पहुंचा जा सकता है।

  "हिंदुओं का यह अति प्रसिद्ध तीर्थस्थल नयना देवी के नाम पर ही पड़ा है, क्योंकि देवी सती के नेत्र या नयन इसी पवित्र स्थल पर गिरने की मान्यता है। मंदिर परिसर में पीपल का एक विशाल वृक्ष है, जिसके बारे में मान्यता है कि यह कई शताब्दियों से यहीं पर विराजमान है। मुख्य मंदिर के प्रवेश–द्वार के दायीं ओर भगवान हनुमान एवं गणेश जी मूर्तियां सुशोभित हैं, जिन्हें पार करने के बाद दो शेरों की भव्य मूर्तियां दृष्टिगोचर होती हैं। नयना देवी के मुख्य मंदिर में 3 देवियों की भव्य मूर्तियां प्रतिस्थापित हैं, जिनमें बायीं ओर मां काली, दायीं ओर भगवान गणेश तथा मध्य में नयना देवी की मूर्ति सुशोभित है।"

यह मंदिर अपेक्षाकृत एक छोटी सुरम्य पहाड़ी पर स्थित है, जहां से गोबिंद सागर झील का विहंगम नजारा दिखाई पड़ता है। मुख्य मंदिर के समीप ही एक छोटी गुफा है, जिसे श्री नयना देवी गुफा के नाम से जाना जाता है। हर वर्ष श्रावण–अष्टमी के दिन इस शक्तिपीठ मंदिर में एक विशाल मेला लगता है, जिसमें लाखों श्रद्धालु भाग लेते हैं, जबकि नवरात्रि में इस मंदिर का आकर्षण अपने चरम पर पहुंच जाता है। नयना देवी मंदिर के आस–पास के अन्य देवी स्थलों में बिलासपुर जनपद के समीप हिमाचल प्रदेश राज्य के ही ***उना जनपद में माता चिंतपूर्णी देवी का प्रसिद्ध मंदिर*** स्थित है, जिसे स्थानीय लोगों द्वारा एक शक्तिपीठ के रूप में पूजा जाता है, जहां विराजमान मां चिंतपूर्णी देवी तथा मां छिन्नमस्तिका देवी की आराधना कर भक्तगण मनोवांछित फल प्राप्त करते हैं।

एक नजर में:

- **कैसे पहुंचें?**: चण्डीगढ़ यहां का निकटतम एयरपोर्ट है। कीरतपुर साहिब यहां का निकटतम रेलवे स्टेशन है। बिलासपुर स्थित नयना देवी मंदिर के लिये चण्डीगढ़ एवं कीरतपुर साहिब से विभिन्न बसें संचालित होती हैं।
- **रहने योग्य स्थल**: बिलासपुर, कीरतपुर साहिब तथा नयना देवी स्थित विभिन्न होटल, धर्मशालायें, गेस्ट हाउस तथा टूरिस्ट लॉज इत्यादि।
- **अनुकूल मौसम**: मानसून छोड़कर वर्ष भर।
- **नैना (नैनी) देवी मंदिर**: यह मंदिर भारत के उत्तराखण्ड राज्य के नैनीताल शहर में नैनी झील के उत्तरी छोर पर स्थित है, जिसकी एक शक्तिपीठ के रूप में मान्यता है। नैना देवी मंदिर भारत के प्रसिद्ध हिंदू मंदिरों में से एक है। नैना या नैनी देवी नैनीताल शहर की अधिष्ठात्री देवी हैं, जो देवी सती का ही एक अन्य स्वरूप हैं। नैना का अर्थ ही है– नेत्र या आंख। जानकारों के अनुसार देवी सती की हरी आंखों का प्रतीक माने जाने वाली नैनी झील के चमकते हरे पानी के दर्शन द्वारा व्यक्ति के सारे पाप धुल जाते हैं।

  "देवी सती के गिरे नेत्र के स्थान पर ही निर्मित माने जाने वाली नैनी झील के उत्तरी छोर पर स्थित नैना देवी मंदिर की छत पर दो नेत्रों का चित्रण देवी नैना या नैनी का ही प्रतीक माना जाता है। मुख्य मंदिर में मां नैना देवी के साथ ही बुद्धि के भगवान गणेश तथा मृत्यु एवं विनाश की देवी मां काली भी विराजमान हैं। नैनीताल शहर का नाम मां नैना या नैनी देवी के नाम पर ही पड़ा है, जहां का प्रसिद्ध नैना देवी मंदिर 1567 गज लंबे, 167 गज चौड़े तथा 93 फीट गहरे नैनी झील के किनारे अवस्थित है। भाद्रपद शुक्ल अष्टमी के दिन यहां सन् 1918

से ही मूर्ति–विसर्जन नामक एक भव्य समारोह का आयोजन होता आ रहा है।"

जिसका उत्साह देखते ही बनता है। नैना देवी मंदिर नैनीताल का एक प्रमुख पर्यटन–स्थल भी है। मान्यता है कि 15वीं शताब्दी में कुषाण वंश द्वारा बनवाये गये मूल नैना देवी मंदिर, जो सन् 1880 में हुये भू–स्खलन के कारण नष्ट हो गया था, के स्थान पर वर्तमान् नैना देवी मंदिर का निर्माण हुआ है। कुछ जानकारों का मानना है कि सन् 1880 में हुये भू–स्खलन के बाद नष्ट हुये इस मंदिर को नैनी देवी के एक अनन्य भक्त मोती राम शाह ने बनवाया था। स्थानीय लोगों की परम–पूज्य देवी नैना के इस पावन मंदिर से सूर्यास्त का नजारा अत्यंत भव्य दिखाई पड़ता है। प्राकृतिक सुंदरता से परिपूर्ण इस शक्तिपीठ मंदिर की भव्यता श्रद्धालुओं की परम–भक्ति से और भी अधिक निखर उठती है।

एक नजर में:

- **कैसे पहुंचें?**: नैनीताल से लगभग 71 किमी0 दूर स्थित पंतनगर यहां का निकटतम हवाई–अड्डा है। काठगोदाम रेलवे स्टेशन यहां का निकटतम रेलवे स्टेशन है, जो नैनीताल से लगभग 35 किमी0 दूर स्थित है। नैनीताल जनपद में स्थित इस रेलवे स्टेशन से दिल्ली, आगरा, बरेली, कानपुर और लखनऊ जैसे शहर भली–भांति जुड़े हुये हैं। नैनीताल के हृदय–स्थल से महज 1 किमी0 की दूरी पर स्थित तल्लीताल यहां का निकटतम बस स्टैण्ड है, जबकि काठगोदाम से लगभग 6 किमी0 दूर स्थित हल्द्वानी शहर स्थित बस स्टेशन द्वारा नैनीताल दिल्ली, बरेली, लखनऊ, कानपुर, आगरा एवं चंडीगढ़ जैसे शहरों से सड़कमार्ग द्वारा अच्छी तरह जुड़ा हुआ है।
- **रहने योग्य स्थल**: नैनीताल एवं हल्द्वानी स्थित विभिन्न होटल, गेस्ट हाउस तथा टूरिस्ट लॉज इत्यादि।
- **अनुकूल मौसम**: वर्ष भर विशेष कर फरवरी से नवम्बर।

जो मन को नियंत्रित नहीं करते उनके लिए वह शत्रु के समान कार्य करता है.

—श्रीमद्भगवद्गीता

- **तुलजाभवानी देवी शक्तिपीठ**: यह शक्तिपीठ भारत के महाराष्ट्र राज्य के उस्मानाबाद जनपद में तुलजापुर नामक स्थान पर सह्याद्रि पर्वत–श्रृंखला की ढ़लानों में

यमुनाचल पहाड़ी पर स्थित है, जो सोलापुर शहर के अत्यंत समीप है। इस शक्तिपीठ मंदिर की अधिष्ठात्री देवी तुलजा या भवानी देवी के नाम से प्रसिद्ध हैं, जिन्हें तुलजाभवानी देवी भी कहा जाता है। कुछ जानकारों के अनुसार भवानी देवी को हिंगुला देवी के नाम से भी पूजा जाता है, हालांकि हिंगुला देवी के धाम हिंगलाज शक्तिपीठ (पाकिस्तान स्थित) में देवी सती के ब्रह्मरंध्र (सिर का ऊपरी मध्य–भाग) गिरने की मान्यता है। तुलजापुर सोलापुर शहर के निकट स्थित उस्मानाबाद जनपद का एक सुव्यवस्थित कस्बा है, जो भवानी मंदिर के लिये ही जाना जाता है। तुलजापुर सोलापुर शहर से लगभग 40 किमी0 दूर स्थित है, जहां सड़कमार्ग द्वारा आसानी से पहुंचा जा सकता है। तुलजाभवानी देवी मंदिर औरंगाबाद–सोलापुर राज्यमार्ग के अंतिम पठारी छोर पर स्थित है जो उस्मानाबाद से लगभग 22 किमी0 दूर स्थित है। भवानी देवी मंदिर के नाम से भी प्रसिद्ध तुलजापुर शक्तिपीठ मंदिर की अधिष्ठात्री देवी भवानी देवी शक्ति का ही एक अन्य स्वरूप हैं, जिन्हें देवी तुलजा, देवी तुराजा, देवी त्वरिता यादेवी अम्बा के नाम से भी पूजा जाता है। इस मंदिर को शिवाजी महाराज ने सन् 1661 में बनवाया था। यह भारत के महाराष्ट्र राज्य के 4 शक्तिपीठों में से एक है। मराठा वंश के महान शिवाजी महाराज देवी भवानी के अनन्य भक्त थे।

"मान्यता है कि देवी भवानी ने शिवाजी को आशीर्वाद के रूप में एक दिव्य तलवार दिया था, जिससे शिवाजी ने अपने शत्रुओं को हराया था। शिवाजी महाराज की इष्ट देवी भवानी उग्रस्वरूपिणी के साथ ही करूणास्वरूपिणी भी हैं। जानकारों के अनुसार मातंग नामक एक दैत्य के अत्याचार से आहत होकर देवगण जब परमपिता ब्रह्मा जी के पास पहुंचे, जो उन्होंने देवताओं को देवी शक्ति की शरण में जाने का सुझाव दिया। देवताओं की करूण प्रार्थना सुनकर देवी शक्ति ने देवी भवानी के रूप में मातंग नामक दैत्य का संहार कर देवताओं की रक्षा की। कुछ अन्य जानकारों के अनुसार देवी भवानी ने इसी पावन स्थल पर भैंसारूपी महिष राक्षस का भी संहार किया था।"

देवी भवानी को समर्पित तुलजापुर भवानी मंदिर 12 वीं शताब्दी में बना है। यह मंदिर तुलजापुर स्थित एक दुर्ग के निचले तल के पूर्वी किनारे पर स्थित है। मंदिर के प्रवेश–द्वार से इसके प्रथम मण्डप तक पहुंचने के लिये भक्तों को लगभग 15 फीट की निचली चढ़ाई करनी पड़ती है। यहां शाहाजी और जीजऊ नामक 2 महाद्वार हैं, जो शिवाजी महाराज के पिता एवं माता के नाम पर रखे गये हैं। यहां से 24 सीढ़ियां उतरने के बाद प्रथम मण्डप पड़ता है, जहां एक विशाल हौज या टैंक स्थित है, जिसे कल्लोलतीर्थ कहते हैं। यहां प्रत्येक दिन बड़ी संख्या में श्रद्धालु पवित्र

स्नान करते हैं। यह प्राकृतिक जल–स्त्रोत है। कल्लोलतीर्थ के ठीक सामने छत्रपति शाहू महाराज भवन है, जो तुलजाभवानी प्रबंध समिति का कार्यालय है। यहां आप मंदिर को दान राशि भेंट कर सकते हैं। यहां से लगभग 30 सीढ़ियां उतरने के बाद गोमुख तीर्थ पड़ता है, जो विट्ठल रखुमई को समर्पित है। गोमुख तीर्थ के जल को गंगा जल के समान ही अत्यंत पवित्र माना जाता है। इसके बायें पिछले हिस्से पर सरदार निम्बलकर महाद्वार स्थित है। यह अत्यंत आकर्षक महाद्वार है, जहां से भगवान सिद्धिविनायक के दरबार का दर्शन किया जा सकता है। यह महाद्वार फूलों एवं लताओं से सजा हुआ होता है। इसके दायीं ओर दत्तात्रेय का स्थल जबकि बायीं ओर मंदिर का रिहायशी परिसर स्थित है। यहां से कुछ कदम नीचे की ओर चलने पर मुख्य प्रवेश–द्वार का प्रांगण पड़ता है, जहां शिखरयुक्त होमकुण्ड स्थित है। होमकुण्ड वर्ष में केवल 2 बार नवरात्रि के अवसर पर ही खुलता है। होमकुण्ड के शिखर पर विभिन्न वस्तुओं, बंदरों इत्यादि की प्रतिमायें उकेरी गई हैं, जबकि इसके ठीक शीर्ष पर एक स्वर्णकलश तथा भगवान गणेश की मूर्ति सुशोभित है। होमकुण्ड के बाद मंदिर कक्ष पड़ता है, जिसके आंगन को मण्डप कहते हैं। यह मंदिर का मध्य भाग है, जहां पर संगमरमर का बना एक शेर शोभायमान है, जिसके समीप ही एक कक्ष और देवी भवानी का गर्भ–गृह स्थित है। गर्भ–गृह काला पत्थर जबकि कक्ष लकड़ी के खम्भों द्वारा निर्मित है। मंदिर की छत अंदर से समतल जबकि इसका ऊपरी हिस्सा सीसे के एक आवरण द्वारा अलंकृत है, जिसे सतारा के महाराजा प्रताप सिंह ने बनवाया था। साथ ही मंदिर में एक छोटा सा शिखर भी शोभायमान है। गर्भ–गृह के अंदर चांदी का बना 4 कोणों वाला एक मण्डप है, जिसमें तुलजाभवानी की पत्थर की भव्य अलंकृत मूर्ति विराजमान है। यह अत्यंत उत्कृष्ट मूर्ति है। देवी भवानी की दिव्य शस्त्रों से सुशोभित अष्ट (8) भुजाओं वाली 3 फीट ऊंची ग्रेनाइट की बनी इस मूर्ति के बारे में मान्यता है कि यह स्वयंभू (स्वयं निर्मित) है। देवी भवानी का दाहिना पैर महिषासुर राक्षस के शरीर जबकि बायां पैर भूमि पर विराजमान है, जिनका प्रिय वाहन शेर है। देवी भवानी के दिव्य आभामण्डल के पार्श्व में बायीं ओर सूर्य तथा दायीं ओर चंद्र उकेरे गये हैं। देवी भवानी की दिव्य प्रतिमा के दायीं ओर एक छोटे कक्ष में चांदी का बना एक पलंग है, जहां वर्ष में 3 बार देवी तुलजाभवानी विश्राम करती हैं। मंदिर के पीछे छत्रपति शिवाजी नामक महाद्वार है, जहां से शिवाजी महाराज देवी तुलजाभवानी का आशीर्वाद लेने के लिये प्रवेश करते थे। मंगलवार के दिन यहां देवी तुलजा का भव्य जुलूस निकाला जाता है, जबकि नवरात्र में यहां का धार्मिक उल्लास देखते ही बनता है। साथ ही चैत्रमास में यहां गुड़ी पद्प, श्रीकाल षष्ठी, ललिता पंचमी, मकर संक्रान्ति और रथसप्तमी जैसे त्योहार बड़े ही धूमधाम से मनाये जाते हैं।

एक नजर में:

- **कैसे पहुंचें?:** पुणे एवं हैदराबाद यहां के निकटतम एयरपोर्ट हैं। उस्मानाबाद यहां का निकटतम रेलवे स्टेशन जबकि सोलापुर निकटतम प्रमुख रेल जंक्शन है। उत्तरी एवं पश्चिमी भारत के तीर्थयात्रियों के लिये सोलापुर यहां का निकटतम बस टर्मिनल है, जो तुलजापुर से लगभग 44 किमी0 दूर स्थित है। दक्षिण भारत के तीर्थयात्रियों के लिये नलदुर्ग यहां का निकटतम बस टर्मिनल है, जो तुलजापुर से लगभग 35 किमी0 दूर स्थित है, जबकि पूर्वी भारत के तीर्थयात्रियों के लिये नागपुर एवं लातूर यहां के निकटतम बस टर्मिनल हैं, जो तुलजापुर से लगभग 560 किमी0 तथा 75 किमी0 दूर स्थित हैं। तुलजापुर के लिये उस्मानाबाद, सोलापुर, नलदुर्ग, नागपुर एवं लातूर से विभिन्न बसें बड़े पैमाने पर संचालित होती हैं।

- **रहने योग्य स्थल:** तुलजापुर स्थित तुलजाभवानी मंदिर धर्मशाला, विभिन्न होटल, गेस्ट हाउस तथा महाराष्ट्र पर्यटन विकास निगम द्वारा संचालित टूरिस्ट लॉज।

- **अनुकूल मौसम:** गर्मी छोड़कर वर्ष भर।

(52) हिंगलाज (हिंगुला) देवी शक्तिपीठ

- **स्थान:** हिंगलाज पहाड़ी गुफा, जनपद–लासबेला (जिला–मुख्यालय : उथाल), बलूचिस्तान प्रांत, पाकिस्तान।

- **देवी सती का गिरा अंग या आभूषण:** सिर का ऊपरी मध्य–भाग (ब्रह्मरंध्र)।

हिंदुओं का पवित्र तीर्थ हिंगलाज देवी शक्तिपीठ पाकिस्तान के बलूचिस्तान प्रांत के लासबेला जनपद (जिला–मुख्यालय : उथाल) में हिंगोल (अघोर) नदी के किनारे हिंगलाज

नामक एक पहाड़ी गुफा में स्थित है। यह प्राचीन शक्तिपीठ पाकिस्तान के सिंध प्रांत की राजधानी कराची शहर से उत्तर–पश्चिम दिशा में लगभग 250 किमी0 तथा अरब सागर से लगभग 20 किमी0 दूर स्थित है। यहां देवी सती के सिर का ऊपरी मध्य–भाग (ब्रह्मरंध्र) गिरने की मान्यता है। देवी सती के गिरे अंग के स्थान पर निर्मित शक्तिपीठ मंदिर की अधिष्ठात्री देवी को देवी कोट्टारी (देवी कोट्टाविशा या देवी भैरवी) के नाम से पूजा जाता है तथा देवी सती के साथ विराजमान भगवान शिव या भैरव भगवान भीमलोचन के नाम से पूजे जाते हैं। देवी भैरवी हिंगलाज माता या हिंगुला देवी के नाम से भी प्रसिद्ध हैं, जो क्षत्रिय भवसार समुदाय की कुल देवी भी हैं। इस शक्तिपीठ का हिंगलाज नाम हिंगोल नदी और हिंगोल राष्ट्रीय पार्क से पड़ा है, जिसे संस्कृत महाकाव्यों में ब्रह्मद्रेय क्षेत्र के नाम से उल्लिखित किया गया है। हिंगलाज का अर्थ है– सिंगरफ या सिंदूर (मरक्यूरिक सल्फाइड)। प्राचीन भाषा में इसका प्रयोग जहर मार दवा के रूप में किया जाता था। इसीलिये मान्यता है कि देवी हिंगुला में जहर या अन्य बीमारियों को दूर करने की अचूक शक्ति विद्यमान है। इस प्रसिद्ध शक्तिपीठ को ***मरू या रेत का तीर्थ*** भी कहा जाता है, जो ग्वादर जनपद (पाकिस्तान का एक प्रसिद्ध बंदरगाह शहर) और बलूचिस्तान प्रांत की राजधानी क्वेटा से प्रसिद्ध मकरान (बलूचिस्तान प्रांत का दक्षिणी हिस्सा) तटीय राजमार्ग द्वारा जुड़ा है। स्थानीय मुस्लिम समुदाय द्वारा इस तीर्थस्थल की धार्मिक यात्रा को ***नानी की हज*** तथा इस शक्तिपीठ मंदिर को ***नानी की मंदिर*** कहा जाता है, जहां श्रद्धालु देवी हिंगुला को भक्ति–भाव से लाल या केसरिया वस्त्र, सुगंधित द्रव्य, दीप तथा सिरिनी नामक मीठा व्यंजन चढ़ाते हैं। देवी हिंगुला का मुस्लिम नाम नानी ननइया शब्द से लिया गया है, जिसका पर्शियन भाषा में नाम है–अनाहिता।

> ***"रामायण के अनुसार रावण को मारने के बाद ब्रह्महत्या (ब्राह्मण की हत्या) के पाप से छुटकारा पाने के लिये भगवान श्रीराम ने हिंगलाज की पावन भूमि पर ही तपस्या किया था। हिंगलाज की धार्मिक यात्रा मरूस्थलीय है, जो अत्यंत कठिन है। इस धार्मिक यात्रा में तीर्थयात्री हाथों में केसरिया, गुलाबी या लाल वस्त्रों से युक्त लकड़ी से बना त्रिशूल ले जाते हैं, जिन्हें छड़ीदार कहा जाता है। तीर्थस्थल के मार्ग में पड़ने वाले पानी के कुंओं की सुरक्षा यहां के स्थानीय लोग करते हैं, जो तीर्थयात्रियों को पानी के साथ रोटी भी परोसते हैं। हिंगलाज तीर्थस्थल पहुंचने के बाद यात्री हिंगोल नदी में नहाने के बाद गीले कपड़ों में ही देवी हिंगुला का दर्शन करते हैं। यहां पहाड़ी के ऊपर स्थित एक विशाल शिलाखण्ड पर बने प्रतीक चिन्ह के बारे में मान्यता है कि इसे भगवान श्रीराम ने अपनी तपस्या के बाद बनाया था।"***

इस तीर्थस्थल को महल भी कहा जाता है, जिसके बारे में कहा जाता है कि इसे यक्षों ने बनवाया है। फर्श के साथ ही इस शक्तिपीठ मंदिर की छत और दीवारें भी रंगीन चट्टानों से

बनी हैं। प्रवेश–द्वार से गुफा स्थल की ऊंचाई लगभग 50 फीट है। हिंगलाज गुफा के अंत में स्थित गर्भ–गृह में देवी हिंगुला विराजमान हैं, जिनका पवित्र दर्शन कर श्रद्धालु प्रसाद ग्रहण करते हैं और रात में आकाशगंगा को निहार कर सुबह आत्मिक शांति एवं मनोवांछित फल का वरदान लेकर अपने घर को वापस लौट जाते हैं।

एक नजर में:

- **कैसे पहुंचें?:** कराची यहां का निकटतम एयरपोर्ट है, जहां से घरेलू एवं अंतर्राष्ट्रीय उड़ानें संचालित होती हैं। लासबेला का जिला–मुख्यालय उथाल यहां का निकटतम रेलवे स्टेशन जबकि कराची निकटतम प्रमुख रेल जंक्शन है। लासबेला कलात एवं मास्तुंग से होते हुये कराची एवं क्वेटा के बीच जुड़े मार्ग पर स्थित है। साथ ही यह सिंध एवं ईरान को जोड़ने वाले मकरान तटीय व्यापारिक मार्ग का भी हिस्सा है। लासबेला के लिये पाकिस्तान के विभिन्न शहरों से नियमित बसें चलती हैं, जहां से टैक्सी, पैदल–चढ़ाई यात्रा द्वारा हिंगलाज स्थित शक्तिपीठ स्थल पहुंचा जा सकता है।
- **रहने योग्य स्थल:** यात्रा मार्ग में पड़ने वाले विभिन्ना पड़ावों में बने आधार–शिविर या सराय–गृह।
- **अनुकूल मौसम:** गर्मी छोड़कर वर्ष भर।

अन्य मान्यतानुसार:

- ***तुलजाभवानी देवी शक्तिपीठ:*** *(इसका वर्णन पूर्व पृष्ठों में उल्लिखित है)*

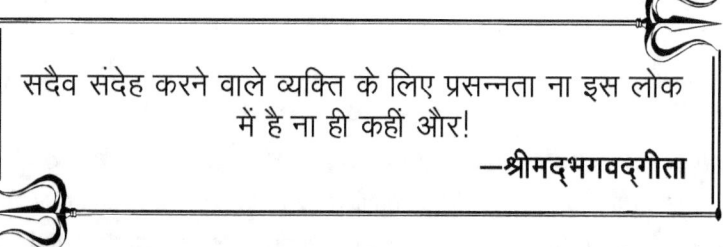

> सदैव संदेह करने वाले व्यक्ति के लिए प्रसन्नता ना इस लोक में है ना ही कहीं और!
>
> **—श्रीमद्भगवद्गीता**

***डिस्क्लेमर (वैधानिक सूचना): (उपरोक्त 52 शक्तिपीठों के नाम, संख्या एवं इनसे संबंधित संक्षिप्त जानकारी विभिन्न स्रोतों से प्राप्त सूचनाओं पर किए गए गहन अध्ययन पर आधारित है, जिसके संबंध में सम्यक् सुझाव अपेक्षित हैं। अंतिम मत प्रदान करना इस पुस्तक का तनिक भी उद्देश्य नहीं है।)**

इन 52 दिव्य देवीपीठों या शक्तिपीठों का उल्लेख कर ऐसा प्रतीत हो रहा है, मानों मैं इनकी सनातन दुनिया में पहुंच चुका हूं, जहां आत्मिक ज्ञान का अनंत प्रकाश मेरे रोम–रोम को कांतिमय बना रहा है। वास्तव में ऐसा प्रतीत हो रहा है, जैसे मुझे आत्मिक संतोष की सिद्धि मिल गई हो। निश्चित रूप से इसी कारण इन दिव्य शक्तिपीठों को कुछ जानकारों के अनुसार

सिद्धपीठ भी कहा जाता है, क्योंकि यहां देवी जगदम्बा की आराधना से भक्तों की हर मनोकामना पूर्ण होती है तथा देवी शक्ति की सच्ची साधना से व्यक्ति को दुर्लभ से दुर्लभ हर तरह की सिद्धि भी सहज ही प्राप्त होती है।

इस प्रकार शक्तिपीठों के महात्म्य, अर्थ एवं संख्या से संबंधित विभिन्न मतों पर विचार करने के बाद स्वाभाविक प्रश्न यही उठता है कि आखिर जब देवी जगदम्बा कण–कण में समाहित हैं, तो फिर इन विशिष्ट स्थलों की यात्रा और दर्शन व्यक्ति क्यूं करे? इसका सबसे आसान और स्वाभाविक उत्तर तो यही है कि किसी भी अभीष्ट वस्तु या प्रयोजन की प्राप्ति हेतु हमें सार्थक पहल और सम्यक् श्रम करना जरूरी है। साथ ही विशिष्ट एवं अद्भुत परिणाम हेतु हमें साधना करनी पड़ती है, जो बिना आत्मिक शांति एवं शक्ति के असंभव है। यह आत्मिक शांति और शक्ति चमत्कारिक शक्ति से परिपूर्ण स्थल के दिव्य वातावरण बिना कदाचित् दुर्लभ है। यह अद्भुत आत्मिक शांति एवं शक्ति हमें उस विशिष्ट स्थल पर ही मिल सकती है, जहां के कण–कण में एक नई ऊर्जा एवं शक्ति का समावेश हो। सृष्टि शक्ति और हम इसके अंश हैं। इसीलिये हमारा अस्तित्व शक्तिरूपी सृष्टि में ही सन्निहित है। स्पष्ट है कि यह केवल हमारा प्रयोजन ही नहीं वरन् एक नैतिक कर्तव्य भी है कि हम स्वयं के साथ ही अपने परिवार, समाज, देश एवं दुनिया के समस्त प्राणियों के कल्याण के लिये एक नई ऊर्जा एवं शक्ति का संचार करें। यह अद्वितीय ऊर्जा और शक्ति हमें दिव्य शक्तिपीठों की यात्रा में सहज ही प्राप्त होती है, बस एक अटल विश्वास की भावना रखने की आवश्यकता है। संसार का हर प्राणी ही अपना है, की भावना के साथ इन शक्तिपीठ स्थलों में से किसी भी एक पीठ का दर्शन तो कीजिए, मां शक्ति का असीम चमत्कार और वात्सल्य आपके मन के तार को झंकृत कर इसमें परम–आनंद का दिव्य अहसास स्वतः ही भर देगा। यह सत्य है कि मनरूपी मंदिर की यात्रा हर धार्मिक यात्रा से सर्वोपरि है, लेकिन इन शक्तिपीठों की धार्मिक यात्रा मानव के लिये इसलिये भी जरूरी है, क्योंकि यहां उसे चमत्कारिक शक्तियों से परिपूर्ण देवी सती के गिरे अंग या आभूषणों के समान ही रहस्यमयी दैवीय शक्ति एवं कांति का आशीर्वाद मिलता है। शक्तिपीठ मंदिरों की सच्ची साधना से देवी सती के दिव्य अंग या आभूषण की कांति तथा इनसे संबंधित अंग में समाहित चमत्कृत शक्तिरूपी औषधि भक्तों के संबंधित अंगों के विकार पल भर में दूर कर देती है तथा आश्चर्यजनक रूप से इनमें अक्षय शक्ति का समावेश हो जाता है, हालांकि यह व्यक्ति के अटल विश्वास या अटूट आस्था पर निर्भर करता है।

वास्तव में देवी शक्ति के दिव्य स्वरूप देवी दुर्गा से संबंधित हर धार्मिक स्थल का अपना एक विशिष्ट महत्व है, चाहे वह **भारत की आर्थिक राजधानी मुंबई की मुंबा देवी का मंदिर (सिद्धपीठ)** हो या **उत्तर प्रदेश के महाराजगंज जनपद के आनंदनगर (फरेंदा) कस्बे के लेहड़ा नामक स्थान पर स्थित मां लेहड़ा देवी का लेहड़ा दुर्गा मंदिर (सिद्धपीठ)**। फिर देवी जगदम्बा के परम–प्रिय शक्तिपीठों के बारे में कहना ही क्या? वास्तव में यह इन दिव्य स्थलों का चमत्कार ही तो है कि मन की मुराद लिये हुये व्यक्ति यहां स्वतः ही खिंचा चला आता है। निश्चित रूप से यह मां जगतजननी का अनमोल वात्सल्य ही है, जिसकी ठंडी छांव

में अपनी संतानों को बुला कर देवी जगदम्बा इन्हें हर दुःख, हर चिंता से दूर परम–सुख का आशीर्वाद प्रदान करती हैं। जगतजननी जगदम्बा के दिव्य स्थलों की इस महिमा और चमत्कार को मां के दरबार में पहुंच कर सहज ही महसूस किया जा सकता है। क्योंकि ऐसे स्थलों पर बुरी आत्माओं एवं विचारों का भी कोई प्रभाव नहीं होता है, वरन् इसके ठीक उलट यहां पहुंचने वाली बुरी से बुरी आत्मायें और विचार भी स्वतः ही शुद्ध हो जाते हैं। यही कारण है कि यहां पूजा एवं आराधना करने से भक्तों को मनचाही मुराद का आशीर्वाद मिलता है। साथ ही हर तरह की दुर्लभ से दुर्लभ सिद्धि भी यहां सच्चे मन की आराधना से सहर्ष सहज ही प्राप्त हो जाती है।

शक्तिपीठों की महिमा अपरम्पार है। निश्चित रूप से इन दिव्य शक्तिपीठों की ही महिमा है कि जितना भी इनके संबंध में सोचने एवं लिखने का प्रयास करता हूं, मेरे मन में एक दिव्य रोशनी का संचार स्वतः ही होता जाता है, हालांकि मेरी लेखनी की यात्रा पुनः अपने आरंभ पर पहुंचती हुई सी महसूस होती है। वास्तव में इन दिव्य शक्तिपीठों के महात्म्य का वर्णन व्यक्ति की सोच और लेखनी से सर्वथा परे है। जिन स्थलों के बारे में सोचने और लिखने मात्र से ऐसी दिव्य अनुभूति हो रही हो कि उसे शब्दों में पिरोना स्वयं के वश में न हो, फिर वहां की नैसर्गिक यात्रा के बारे में सहज ही अनुमान लगाया जा सकता है कि व्यक्ति के चंचल मन को इन पवित्र स्थलों पर किस–किस तरह की दिव्य अनुभूतियों एवं दुर्लभ सिद्धियों की प्राप्ति होगी!

मन का मेरा यह बावला नृत्य अब बिना शक्तिपीठों की पुनः यात्रा के रूकने वाला नहीं है। इसलिये मै तो चला इन दिव्य शक्तिपीठों की राह, जहां मुझे स्वयं को एक बार फिर नये सिरे से तलाशना है– न केवल स्वयं बल्कि अपने यथार्थ अस्तित्व की प्रतिष्ठा के लिये भी। अरे! क्या आप इंतजार ही करते रहेंगे? मन की आंखों से एक बार देखिये तो सही। संपूर्ण सृष्टि की मां अपने दिव्य शक्तिपीठों में बस आपकी राह ही निहार रही है! आखिर यह शक्तिपीठों की धार्मिक यात्रा का चमत्कार नहीं तो और क्या है, जो मुझे बार–बार यही आभास कराता है, मानों,

अनंत प्रकाश आलोकित है चहुं दिशाओं में,
मूक शब्द निष्पाप भाव है सुरमयी हवाओं में,
शुभ रक्त तेज महिमा है बसी निष्प्राण शिराओं में,
नव शक्ति भरा रंग बरस रहा कोरी आशाओं में,
कुछ दिव्य धामों के अदृश्य मोड़ दिख रहे मन की आंखों में !!!

जय माता दी

मन-मंथनः (आत्म-ज्ञान का सरल सुझाव-अभ्यास)

(आत्म–ज्ञान का सरल सुझाव–अभ्यास) : (लगातार 5 गुरूवार अपने कार्य–स्थल पर कोई भी कार्य आरंभ करने से पूर्व जय माता दी के उद्घोष के साथ 15 मिनट तक आत्मा (स्वयं) के बारे में कुछ भी लिखें, और आखिरी गुरूवार को अपने अस्तित्व को सहज ही पहचानें।)

पहला गुरूवार

आत्मा एक ऐसा शब्द है, जो किसी को भी सहसा ठिठकने पर मजबूर कर देता है। हर बार उसे सुनने के बाद पता नहीं क्यूं मन में इक हलचल सी मच जाती है। लगता है, जैसे कहीं कुछ बवंडर सा उठ रहा हो! उस पल हर काम–धाम छोड़ कर मन सिर्फ वैराग्य के सागर में गोते लगाने के लिये मचल उठता है। मन भवसागर से उद्धार को तड़प उठता है। फिलहाल यह मन–मंथन तो अब मेरी जिंदगी का एक अहम हिस्सा बना चुका है। अब जिक्र चला है, तो सबसे पहले मुझे इसके आभास से ही शुरूआत करनी होगी। छोटा था, लेकिन अजीब। कुछ कहानियां सुनीं, जिनमें ध्रुव, श्रवण कुमार, भगवान श्रीराम की कहानियों ने सबसे पहले मेरे अंतर्मन को छू लिया। हालांकि मुझे ये तनिक भी आभास नहीं था कि ये आत्मा से जुड़ा मसला है। खैर इसका परिणाम ये हुआ कि बिना पूजा–पाठ और अपनी अम्मा (मां) की सेवा के बिना मुझे चैन ही नहीं मिलता। साथ ही ये अनजाना सा डर भी लगा रहता कि कहीं कुछ गलत न हो जाये। शायद इसी डर से हर वक्त मै उन लोगों के इर्द–गिर्द ही मंडराता रहता था। अम्मा (मां) के पास कुछ ज्यादा ही। मां के सानिध्य से मुझे कई सारी अद्भुत चीजें हासिल हुई, जिनमें सबसे सुखद था एक दर्द का अहसास। इसी बीच पागलपन में छुप–छुप कर मैने पीपल के पेड़ के नीचे तपस्या भी कर डाली। हालांकि तब लोग मेरे ऊपर खूब हंसते थे। शाम को कार्तिक माह में मां के कहने से तुलसी के सामने दीया जलाने का वो अहसास अद्भुत था। कभी–कभी दीया बनाना थोड़ा उबाहट वाला लगता था, लेकिन अगले ही पल ये जिम्मेदारी निभाये बिना मेरे दिल को सुकून भी नहीं मिलता था। लोग मुझे पुजारी के नाम

से ही जानने लगे। दोस्त मेरे माथे पर लगे लाल सिंदूर के तिलक का उपहास उड़ाते, लेकिन ये सिलसिला चलता ही रहा, हालांकि मेरे बड़े भाई भी मेरा मजाक उड़ाने में कुछ कम नहीं थे। इसी दौरान मंत्रों की बहुत सारी पंक्तियां कंठस्थ होती चलीं गईं। मेरा सारा जीवन विद्या–अध्ययन, संगीत, खुद से ही बातें करने, बड़े–बूढ़ों के साथ और मां के साथ उनके कार्यों और पापा के साथ पढ़ाई की कुछ बातों के बीच गुजरता रहा। कहानियां तो मेरा पीछा छोड़ ही नहीं रहीं थीं। हर कहानी के नायक का मेरे मन पर प्रभाव पड़ता ही गया। आज उस दौर को याद करते हुये ये सब बातें बड़ी ही अजीब लगती हैं। मेरा बचपन वास्तव में बचपन की शरारतों से कोसों दूर था।

दूसरा गुरूवार

मेरे मन में हर धर्म के लिये सम्मान है। लेकिन फिर भी न जाने क्यूं मां अम्बे, भगवान शंकर, देवाधिपति गणेश, मां सरस्वती और मां लक्ष्मी से मुझे विशेष लगाव रहा है और आज भी ये कायम है। हालांकि आज मेरी अधिष्ठात्री (इष्ट) देवी जगतमाता जगदम्बा अम्बे ही हैं। साथ ही ख्वाजा मुइनुद्दीन चिश्ती और हाजी अली के नाम से भी पता नहीं क्यूं मेरे मन में श्रद्धा अपने आप ही उमड़ने लगती है। आत्मा की बात लिखते समय पता नहीं क्यूं मेरे मन में बचपन का ही ख्याल सबसे पहले आया। शायद इसलिये भी क्योंकि हो सकता है, उस वक्त मै पूरी तरह से एक सच्चा इंसान था। आज भी सच्चाई है, लेकिन पूरी है, इसमें संशय है। इसमें कहीं न कहीं स्वार्थ का रंग भी समाया हुआ है। ज्ञान का लगाव मेरे ह्रदय के काफी करीब रहा है। वो ज्ञान कोई भी क्यूं न रहा हो। मै हर ज्ञान को प्राप्त करना चाहता था और आज भी ये संघर्ष जारी है। कॅरिअर मेरे लिये हमेशा से ही महत्वपूर्ण रहा है। मजेदार बात ये रही है कि सबसे पहले मै तपस्या करने वाला ऋषि बनना चाहता था, कुछ और बड़ा होने पर डॉक्टर, उसके बाद डी0 एम0, बाद में कवि, इसके बाद लेखक, गीतकार, गायक, रेडियो–टी0 वी0 में बतौर एंकर, उड्डयन क्षेत्र का कामकाजी, मॉडल, फिल्म कलाकार आदि–आदि। पता नहीं क्या–क्या लेकिन जैसे–जैसे बढ़ता गया और फिर शिक्षा में पारंगत होता गया, वैसे–वैसे एक बात तो समझ में आ ही गई थी कि मन की बात ईश्वर की बात है और यही आत्मा है। आत्मा परमात्मा का ही अंश है, इसीलिये अंश से कोई गलती हो ही नहीं सकती, हां अगर इस सोच में पूरी सच्चाई बसी है तो। हालांकि इसी सोच ने एम0 बी0 ए0 इन टूरिज्म मैनेजमेंट के बावजूद मुझे मॉस–कम्यूनिकेशन करने के लिये विवश कर दिया। और मैने बहुत सारे दबावों चाहें वो मानसिक हों या आर्थिक, थोड़ी बहुत संतुष्टि शिक्षा के क्षेत्र में तो प्राप्त कर ही ली है। इसका पूरा श्रेय मां अम्बे, पापा और विशेष रूप से मेरी अम्मा को जाता है, जिन्होंने हर कदम पर मेरा हौसला बढ़ाया। लेकिन आज जॉब के दृष्टिकोण से मुझे जरा भी संतुष्टि नहीं। कहीं न कहीं कुछ चुभ रहा है। हालांकि मां की नजरों में देखूं तो खुद पर गर्व महसूस होता है, लेकिन पापा की नजरों या अन्य लोगों की नजरों में मुझे लेकर जो आशा दिखती है, वो मुझे जरा भी सुकून नहीं लेने देती है। कहते हैं जैसे–जैसे इंसान बढ़ता जाता है, उसकी मनोदशा भी बदलती जाती है। और जीवन के हर कदम पर उसे नई–नई चीजों का आभास होता जाता है। स्नेह या प्रेम मेरे लिये सदा से एक अबूझ पहेली रहा है। लेकिन आज मुझे इसका एक ही मतलब

समझ में आता है और वो है निःस्वार्थ और त्याग भरा विचार। और ये सारी चीजें मुझे अपनी मां से अधिक आज तक पूरी दुनिया में किसी भी शख्स में नहीं दिखीं। ये भी मेरी आत्मा की ही आवाज है। हालांकि बहुत सारे और लोग भी हैं जो मुझसे बहुत अधिक प्रेम करते हैं, लेकिन अगर संपूर्ण प्रेम की बात करें तो मेरे मन में सबसे पहले मेरी अम्मा का ही ख्याल आता है। कुछ हद तक आज इस अवस्था में मुझे मन की शक्ति का पूरा आभास हो चुका है, हालांकि जीवन–पथ पर कॅरिअर को लेकर अभी भी कोई रास्ता ऐसा नहीं दिख रहा है, जो मै पूरी तरह से वर्णित कर सका हूं।

तीसरा गुरूवार

आज फिर वही बड़ा सवाल? खैर अब तो मुझे भी अपार हर्ष हो रहा है अपने आप को शब्दों में उतारने से। उम्मीदें और हौसलों की कोई सीमा नहीं है, फिर भी मन में एक अनजाना सा डर सदा लगा रहता है। इतने सारे काम करने हैं और जिंदगी है कि कितनी छोटी? आत्मा के भंवर–जाल में डूबा हुआ मै कभी आत्मविश्वास के शिखर पर पहुंच जाता हूं, तो कुछ परिस्थितियों को देखते हुये मेरा आत्मविश्वास पल भर में शून्य हो जाता है। कहते हैं समय से पहले और तकदीर से ज्यादा कुछ नहीं मिलता। देखते हैं अपना समय कब आता है? हालांकि खुद को समझते हुये अब इतना तो समझ आ ही गया है कि मेरी मंजिल मुंबई में ही है, वो भी एक लेखक के रूप में। हां अगर इसके साथ ही साथ और भी किरदार निभाने को मिलता है, तो उसे भी निभाने की पूरी तमन्ना है। क्या ये आशायें कभी पूरी होंगी? या दिन में देखे गये किसी ख्वाब के समान चकनाचूर हो जायेंगी! पता नहीं। एक खलिश सी मन में हर वक्त मौजूद रहती है। कभी लगता है सब ठीक ही तो है कि अगले ही पल ये भ्रम भी टूट जाता है। लोग कहते हैं सपने देखो। बिना सपनों के जिंदगी नहीं। लेकिन सपने को मूर्त रूप में न कर दिखा पाने की कुव्वत भी तो जिंदगी नहीं है। इसीलिये मन करता है, सपने ही न देखो। जैसे जिंदगी बहा रही है, बहते जाओ। क्योंकि जब भी लगता है, सब कुछ अच्छा जा रहा है, पता नहीं कौन सी ऐसी बात हो जाती है कि एक पल में सब कुछ बदल सा जाता है। खैर एक पल के लिये अगर मान भी लूं कि मेरे सपने सच हो जाते हैं, फिर उन पलों को क्या मै जिंदा कर पाऊंगा, जो मेरे हाथों से निकल चुके हैं, क्योंकि जिनके लिये ये सारी चीजें करनी हैं, उनका समय तो काफी निकल चुका होगा। लोग कहेंगे अरे तेरा भविष्य तो सुधर जायेगा। लेकिन मुझे लगता है ये कैसा भविष्य है, जिसमें मेरे प्रेम का स्वरूप ही नहीं है। चलो इसे भी मान लेते हैं और सब कुछ हासिल हो गया तो भी क्या मन की अभिलाषा पर लगाम लग पायेगी? शायद नहीं क्योंकि ये भी स्थायी नहीं होगी। हां एक आत्मसंतुष्टि क्षणिक ही सही रह सकती है कि जो पाना चाहते थे चलो उसका एक अंश तो मिला। लेकिन इस एक अंश के चक्कर में न जाने कितनी बार आत्मा का गला घोंटना पड़ा होगा, ये शायद किसी को नहीं पता। इसकी पीड़ा तो वही समझेगा जो इस दौर से गुजरता होगा। आखिरी क्षण में कहते हैं हर इंसान को आत्म–ज्ञान या ब्रह्म–ज्ञान की प्राप्ति हो जाती है, लेकिन उस पल क्या सही है और क्या गलत, इसकी पीड़ा को कौन बांटेगा? क्योंकि उस पल तो मुझे संभालने वाले लोग पता नहीं होंगे या नहीं होंगे! कुछ भी हो ये सब तो जीवन के कुछ चरण हैं, जिनको करना ही पड़ेगा। इनसे भागा भी तो नहीं जा

सकता, लेकिन आखिरी पड़ाव में मै कुछ ऐसा करूंगा जिससे मेरे मन में कोई बोझ न हो, क्योंकि मुझसे भी तो कुछ गलतियां हुई होंगी– कुछ चारित्रिक, कुछ वंशानुगत, कुछ मनमानीवश तो कुछ अनजाने में। जिनके प्रायश्चित–स्वरूप मुझे मायावी बंधन से आजाद तो होना ही पड़ेगा क्योंकि कुछ भी हो आत्मा को हर बंधन तोड़ कर परमात्मा में तो मिलना ही है, लेकिन मुझे कुछ तर्कों के साथ मिलना है, जो मेरे जेहन में मेरे अस्तित्व से सदा जुड़े रहे हैं।

चौथा गुरूवार

आत्मा की सार्थकता अब पहले से अधिक स्पष्ट होती जा रही है। लोग अब समझ में आने लगे हैं। लोगों से निपटने का तरीका भी समझ में आने लगा है। हालांकि ऐसा करते हुये बाद में कुछ असहज भी महसूस होता है, लेकिन इस बारे में कई ऐसे तर्क हैं, जो हर वक्त मेरा आत्मविश्वास बनाये रखते हैं। ये तर्क सत्य हैं या असत्य? इसका गूढ़ चाहे जो भी हो लेकिन यह सच है कि ये तर्क ही मेरी जिंदगी को एक सार दिये हुये हैं, वरना हर जगह, हर रिश्ते में छलावे के अलावा मुझे कुछ नहीं दिखता, कुछ को छोड़कर। बहुत सारे लोग मुझे निराशावादी भी कहते हैं। ज्यादातर लोग कहते हैं कि तुम्हें समीक्षा में ही ज्यादा मजा आता है। खास कर ऋणात्मक समीक्षा करने में। लेकिन उन्हें थोड़े ही मालूम है कि मेरे अंदर एक और शक्ति है और वो आत्मा की शक्ति है, जो तर्कों के भंवर–जाल से कहीं ऊपर है और मेरे अंदर भी धनात्मक विचार जागृत किये रहती है। मुझे आत्मा की शक्ति पर कोई भी संदेह नहीं है। लेकिन जीवन के अस्थायित्व की ऊहापोह में मुझे इसकी वस्तुस्थिति पर भी संदेह अक्सर होता ही रहता है। आज चौथा गुरूवार (बृहस्पतिवार) है और मैने ये चीज शुरू तो की थी अपने कॅरिअर को समझने के लिये लेकिन इससे मुझे जीवन की गुत्थियों को उभारने का भी थोड़ा ही सही लेकिन एक पट जरूर मिला है। कॅरिअर की बात करें तो मन मुताबिक न होने से साथ ही आर्थिक स्तर पर भी फिलहाल कोई सुरक्षा भावना न होने से मन नहीं रम रहा। साथ ही बचपन का वो दृढ़ विश्वास, वो सपना कि मुंबई ही मेरी मंजिल है, कहीं भी चैन लेने नहीं देता है। हर वक्त एक बेचैनी सी महसूस होती है। मन करता है उड़कर पहुंच जाऊं! लेकिन पारिवारिक दायित्वों और आर्थिक पक्ष तथा वहां के जीवन के बारे में और बिना किसी आधार के सारी चीजें बस उद्वेलित ही करती रहती हैं। साथ ही उम्र गुजरते रहने का अहसास भी कम कुठाराघात नहीं करता है। फिर एक पल ख्याल आता है कि प्रसिद्धि मिलेगी, तो वो भी तो स्थायी नहीं होगी। उसकी अलग ही प्रत्यंचा होगी। जो भी हो लेकिन मुझे शांति (फिलहाल की शांति) मुंबई पहुंच कर, फिल्मों की दुनिया में या सीरियल की दुनिया में पहुंच कर ही थोड़ी ही सही लेकिन मिलेगी। प्रयास में लगा हूं, देखते हैं क्या होता है? अगर आत्मा की आवाज सही है तो मेरा मन बार–बार कहता है कि मुझे मुंबई जाना ही है और कहीं न कहीं से शुभारंभ कर एक लेखक, एक गीतकार और एक गायक के तौर पर साथ ही कलात्मक फिल्मों के जरिये कुछ पहचान तो बनानी ही है। वो भी थोड़े अलग स्टाइल में। आत्मा की आवाज ईश्वर की आवाज होती है, इसमें रंच मात्र भी संशय नहीं है। लेकिन मेरे मामले में ये दिन कब आता है, इसका इंतजार मुझे हमेशा ही रहेगा! ईश्वर के घर में देर है अंधेर नहीं, आज ये जुमला मेरा आत्मविश्वास बनाये हुये है। कुछ व्यक्तिगत् स्तर पर झंझावातों से मेरा आत्मविश्वास डोलता भी है, लेकिन अचानक ही एक आवाज सब कुछ बदल देती है और फिर उथल–पुथल मच जाती है। ये

आवाज मुझे अहसास दिलाती है कि तुम बहुत खास हो, किसी से कम नहीं। कुछ गलतियां अगर हुई भी हैं तो वो तो होनी ही थीं। जो लिखा है, उसको मिटाना किसी के भी वश में नहीं। जिसको जो प्रारब्ध मिलना है, वो तो उसे मिलेगा ही। चाहे वो यश के रूप में हो या फिर अपयश के रूप में। सामना तो करना ही पड़ेगा। क्योंकि ये सारी चीजें भी आत्मा के वशीभूत ही फलीभूत होती हैं। अब क्या कहूं आत्मा का बहाव मोड़ा नहीं जा सकता। और जो मोड़ता है फिर वो परमात्मा तक नहीं वरन् दुरात्मा तक पहुंच जाता है। फिर मै ये कैसे कर सकता हूं? हाल–फिलहाल मुझे भी आत्मा के बहाव में ही बहते जाना है।

पांचवां और आखिरी गुरूवार

आत्मा के विषय में 5 गुरूवार को एक सीमित समय (1 5 मिनट) में कुछ लिखने का आज मेरा आखिरी गुरूवार है और आज मुझे आत्मा की पराकाष्ठा तक पहुंचना है। लेकिन आज भी मुझे लगता है, मै वहीं हूं, जहां से चला था। हालांकि थोड़ा बहुत सुकून भी मिला लेकिन वो चीज नहीं जिसकी मुझे तलाश है। आज लगता है कि पता नहीं मुझे किस चीज की तलाश है? कोई भी खुशी जो मुझे हासिल करनी है, वो मिलते ही मुझे उस खुशी में वो आनंद क्यूं नहीं मिलता, जिसके बारे में मैने कितना सोचा था। जहां तक कॅरिअर की बात है, आज पहले से थोड़ा स्पष्ट पथ मुझे नजर आ रहा है। लेकिन उस पथ की मंजिल तक पहुंच पाऊंगा, भगवान ही जानें। वहीं एक डर यह भी है कि कहीं इस चक्कर में अपनी जिम्मेदारियों से दूर न हो जाऊं। कुछ चीजें सही चल रही हैं, अचानक कुछ बातों के जानने से ही परिवार के प्रति चिंता कहीं अधिक बढ़ जाती है। चिंता मुझे अम्मा की सबसे ज्यादा है। वहीं कुछ लोग जो मुंह पर कुछ और पीठ पीछे कुछ और हैं, के बारे में जानना भी कष्टदायी है। कोई तरीका समझ नहीं आता, इस भंवर–जाल से निकलने का। क्योंकि मेरी स्थिति, पद भी तो इस बात की इजाजत नहीं देते। उस पर हर पल जलती हुई आग जो पल में ही जला देती है, की तपिश भी तो जीने नहीं देती है। फिर भी जीना है। कुछ उम्मीदों, कुछ विश्वास के साथ, कि जो कुछ होगा, ठीक ही होगा। आखिर मेरे साथ मेरी मां और जगतजननी मां अम्बे का आशीर्वाद जो है। यह विश्वास अडिग है। लेकिन मानव हूं तो पीछे और आगे गलतियां तो होंगी हीं। मानव के सारे गुण भी होंगे। अभिलाषायें भी होंगी। उन अभिलाषाओं के पूर्ण करने में कुछ गलतियां भी हुई होंगी और आगे भी होंगी, हालांकि जिन्हें तर्क गलतियां कहने की इजाजत बिल्कुल नहीं देते। क्या फिर भी मां का आशीर्वाद मेरे ऊपर रहेगा? मन तो कहता है, रहेगा क्योंकि मै जैसा भी हूं, मां ने ही तो बनाया है। मानव हूं तो मां ही ने तो भेजा है। आत्मा की पुकार से लगता है, जो किया, मानव की अभिलाषा की मांग पर। फिर इससे किसी का अहित भी तो नहीं हुआ। जो भी हो, मुझे तो एक ही चीज आज दिखायी देती है कि आत्मा वास्तव में शाश्वत है, हर चीज इसके आईने में स्पष्ट नजर आती है। हम स्वयं को लाख बार समझाना चाहें, बहलाना चाहें लेकिन फिर भी ये अपनी सच्चाई नहीं छोड़ती। हालांकि इसके उलट एक बात मुझे ये भी लगती है कि मन में जो बातें आप सच्चाई के दायरे में दृढ़ता से डाल देते हैं, उसके आगे बड़ी से बड़ी सच्चाई भी गौण लगने लगती है। मन में हार होती है, तो अगले ही पल आत्मा आगे बढ़ने को प्रेरित करती है।

कोशिश तो चल रही है, लेकिन पता नहीं ये कोशिश कब रंग लायेगी? कोशिश है एक शहर में जाने की, कुछ रंग जमाने की। लेकिन परिस्थितियां इंतजार की दुहाई दे रही हैं, शायद अभी तो यही ठीक लग रहा है, लेकिन आत्मा की पल–पल धूं–धूं जलती आग चैन लेने नहीं देती। फिर भी मुझे ही समझाना पड़ता है कि बहते रहो, चलते रहो। अब यह कौन सी बला है, जो आत्मा को ही समझा दे रही है। क्या ये परमात्मा है, जिसकी तरफ ध्यान उन्हीं लोगों का जा पाता है, जो आत्मा एवं परमात्मा को एक ही स्वरूप में पहचानते हैं। शायद हां या फिर पूरी तरह से। आत्मा तो है लेकिन वो अधूरी नहीं है, उसमें परमात्मा का स्वरूप समाया हुआ है। प्रत्येक मानव में आत्मा एवं परमात्मा दोनों ही समाये हुये हैं। मुझमें भी यहीं हैं। आत्मा रास्ता दिखाती है तो परमात्मा मंजिल का सच। सच ही नहीं वरन् आखिरी परम सच (आत्म–ज्ञान)।

चंद्रेश विमला त्रिपाठी का आत्म–आलेख

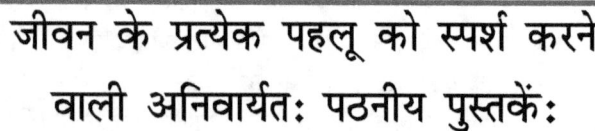